지친 하루의 쉼표가 되는 책이 되길 바랍니다.

이환수

잠들기 전 철학 한 줄

고된 하루 끝,
오직 나만을 생각하는
시간

잠들기 전 철학 한 줄

이화수 지음

프롤로그

철학이 삶에 힘이 되어준 순간들

파리의 개선문에서 우연히 한 마술사를 만난 적이 있습니다. 처음 만난 순간에 그가 특별한 사람이라는 사실을 단숨에 알아챘습니다. 눈빛, 손동작, 목소리, 말투가 누가 봐도 남달랐기 때문입니다.

"런던과 파리, 둘 중 어느 도시를 선호하세요?"

그에게 물었습니다. 그는 런던은 자신의 용맹함을 한껏 뽐내려고 하는 기사에, 파리는 자신의 아름다운 모습을 망토로 감추고 수줍게 미소 짓는 소녀에 비유하며, "두 도시는 서로 각자의 특색을 지니고 있기에 함부로 비교할 수 없다"라고 대답했습니다. 그의 이러한 예술적 표현과 철학적 관점은 나에게 커다란 영감을 안겨줬습니다. 또한 "여행을 다니는 것이 일이자 곧 마술의 원천"이라고 말하는 그에게서 세상을 마치 하나의 개인 작업실로 여기는 듯한 모습이 비쳤고, 나로 하여금 세상에 존재하는 많은 것들로부터 배우고 싶다는 열망을 품도록 만들었습니다.

얼마 지나지 않아 우리는 어느 카페에서 다시 만나 인생에 대한 많은 이야기를 나눴습니다. 어릴 적부터 철학에 관심이 많았던 그는 특히 에리히 프롬에게 많은 영향을 받았으며, 그 덕에 무언가의 소유가 아닌 존재 자체로서 살아가고 있다고 말했습니다. 철학을 자신의 삶과 연결시켜 일상에 적용하는 그의 모습을 본 이후로 나는 생각지도 못한 철학에 관심을 가지게 되었습니다. 내 인생의 전환점이자 결정적 순간이었지요. 그때 그를 만나지 못했더라면 평생 동안 철학책을 뒤져볼 일은 아마 없었을지도 모릅니다.

파리의 마술사가 내게 보여준 건 단순한 마술이 아니라 '한 사람의 인생을 바꾼 마법'이었습니다. 그에게서 세상을 바라보는 새로운 눈을 선물 받은 셈입니다. 이처럼 누군가로부터 세상을 바라보는 방식을 배울 수 있다는 사실을 깨닫고는, 운영하고 있는 플랫폼을 통해 여행, 책, 영화, 강연, 음악 등 내가 경험하고 느꼈던 점들을 기록하며 수많은 사람들과 공유해나가기 시작했습니다. 세상을 하나의 학교라는 관점으로 바라보기 시작하니 심적으로도 좀 더 안정감이 생겼습니다.

시각이 넓어짐에 따라 이제는 누군가와 경쟁하기 위해서가 아니라 나 자신을 알아가기 위한 공부를 해야 될 때임을 비로소 깨달았습니다. 바로 철학을 통해서 말입니다.

◦

철학적 사유를 통해 마음을 헤집고 다니는 질문에 답하기

쇼펜하우어, 니체와 같은 수많은 철학자들은 자신의 사고와 경험을 바탕으로 "나는 누구인가?", "나는 무엇을 위해 사는가?"와 같은 거대한 물음에 대한 답을 알아내기 위해 쉼 없이 노력했습니다. '인류 역사상 가장 뛰어난 천재'라고 불리는 이들이 수천 시간을 투자해 고민한 흔적을 엿볼 수 있다는 건 우리가 살아가면서 누릴 수 있는 가장 큰 행운이 아닐까 생각합니다. 실제로 내가 커다란 설렘을 느끼는 순간 중 하나도 철학자들이 쓴 책들을 들춰볼 때입니다. 마음을 울리는 문장을 발견한 순간에 느끼는 기쁨은 고생물학자가 자신이 애타게 찾고 있던 화석을 땅속 깊숙한 곳에서 발견했을 때의 감동과 비슷할 겁니다.

지금, 여러분의 마음을 헤집고 다니는 질문은 무엇인가요? 자신의 역량만으로 그 질문에 대한 만족스러운 답을 얻기 어렵다면 철학자의 이야기를 참고했던 내 경험처럼 그와 비슷한 고민을 했던 다른 사람의 이야기를 한번 들어보길 바랍니다. 모든 사람은 각자 서로 다른 가치관을 추구하고 다른 상황에 처해 있기에 인생의 정답에 대해 논하는 건 크게 의미가 없을지도 모릅니다. 하지만 그럼에도 불구하고 우리가 타인의 삶을 살펴보는 이유는 자신의 인생을 더욱 풍부하게 만들 수 있기 때문이 아닐까요? 나 역시 그동안 누군가가 경험을 통해 배운 지혜를 내 삶에 적용해오면서 많은 이득을 봤습니다. 이제는 그러한 선순환 고리의 일부가 되고자 합니다.

직장에서 과도한 업무에 치이고, 가족이나 친구에게 상처받고, 불투명한 미래로 한숨이 끊이지 않은 오늘을 보냈다면, 잠들기 전 하루를 마무리하는 시간만큼은 다른 무엇도 아닌 오직 여러분 자신만을 생각하길 바랍니다. 깊은 내면에 자리 잡고 있는 '온전한 나'와 마주하며 나에게 진정으로 소중한 것이 무엇인지 다시 한 번 되돌아보는 시간을 가져보는 겁니다.

이 책은 그동안 살아오면서 어떤 문제에 부딪혔고, 그것을 해결하기 위해 어떻게 애써왔는지를 고스란히 녹여낸 마음 철학 에세이입니다. 머릿속을 종일 맴돌며 끊임없이 나를 괴롭혀온 질문들, 그것을 이해하기 위해 고심했던 노력과 고통으로부터 가까스로 벗어났을 때 얻은 깨달음들을 진솔하게 담아냈습니다. 나조차도 모르는 진정한 나를 알아가고 싶을 때는 처음부터 찬찬히 읽어나가며 스스로에게 질문을 던져보고, 풀리지 않는 일상의 문제를 해결하고 싶을 때는 자신의 고민과 가장 가까운 장이나 꼭지를 골라 읽어보길 추천

합니다. 각 꼭지에 수록한 저명한 철학자들의 명언도 마음에 깊이 새기며 읽어준다면 더할 나위 없이 기쁠 듯합니다.

다만 내 생각을 의심 없이 그대로 받아들이는 건 다소 위험할 수 있습니다. 그 생각에 이르기까지 거쳤던 과정들을 유심히 살펴보는 것으로도 충분하니, 철학에 대해 배우는 것이 아니라 '철학하는 방법'을 배운다는 마음가짐으로 자신의 삶을 직접 가꿔나가보길 바랍니다. 누구를 가르치고 싶은 생각도, 그럴 자격도 없는 사람이지만, 마음이 괴롭고 외로운 순간에 힘겹게 건져낸 나의 철학적 사유들이 조금이나마 여러분이 처한 상황을 해석하고, 이루고자 하는 목적을 실현하는 데 보탬이 되었으면 좋겠습니다.

여러분이 이 책을 모두 읽고 덮었을 때 이전과는 다른 새로운 시선으로 세상을 바라볼 수 있게 되길 희망합니다. 무엇보다 각자 자신만의 답을 찾아가며 순탄치 못한 지금의 삶을 다시 한 번 살아가고자 하는 의지를 품게 되길 간절히 바랍니다.

차 례

2장

경험을 발판 삼아 나아가보길

3장
마음에서 간절함을 발견할 수 있다면

4장

타인을 통해 얻는 귀중한 깨달음

5장

더 나은 사람으로 성장하기 위해

1장

오롯한 나로 살아가고 싶을 때

01

대부분의 사람이
자기 자신을 누구보다 사랑하면서도,
다른 사람의 의견보다 자신의 의견에
별가치를 두지 않는다는 사실은
참 의아한 일이다.

마르쿠스 아우렐리우스

일생에 단 한 번뿐인 삶

일생에 단 한 번뿐인 삶을
자기 자신을 위해 살지 않는다면
그것은 '타인을 위한 배려'이기 이전에
'나에 대한 배신'이 됩니다.

'나'라는 존재도
다른 사람 못지않게
소중한 존재라는 사실을
절대로 잊지 마세요.

02

우리는
행복해지기보다
행복하게 보이기 위해
더 많은 노력을 한다.

프랑수아 드 라 로슈푸코

행복을 함부로 비교하지 말 것

현재 우리는 SNS를 통해 타인의 일상을 마치 유리알처럼 투명하게 들여다볼 수 있는 세상에 살고 있습니다. 다른 사람의 일상을 자세히 알 수 있고 내 일상도 누군가가 들여다본다는 사실을 너무도 잘 알기 때문에, 많은 사람들이 SNS에 자신의 행복했던 순간만을 올리는 것이 아닐까 생각합니다. 항상 행복한 일상을 보내는 것은 아니더라도 남들에게만큼은 행복한 모습만을 보여주고 싶은 겁니다.

여기서 잠깐 생각해보세요.

여러분도 혹시
스스로 행복해지기 위해서가 아니라

남에게 행복하게 보이기 위해
더 노력하고 있지는 않나요?

이러한 행복 경쟁 속에 오랫동안 몸 담그고 있다 보면 자신을 진정으로 행복하게 만드는 것이 무엇인지 알아차리기 힘들 수 있습니다. 겉은 화려하고 번지르르하지만 속은 휑하고 텅 빈 유리성이 되어갈지도 모릅니다.

물론 지금 당장은 행복하지 않을 수 있습니다. 멀리서 보이는 저 사람이 더 행복해보일 수도 있겠지요. 하지만 확실한 건 불행하다고 생각하는 나를 누군가는 부러워하고 있을 수도 있고, 내가 부러워하고 있는 저 사람은 사실 행복하지 않을 수도 있다는 겁니다. 자기 자신도 행복한지 모를 때가 많은데 타인이 행복한지는 어떻게 알 수 있을까요? 다른 사람의 꾸며진 겉모습만을 보고 자신의 행복을 가늠하는 것은 스스로 행복할 수 있는 기회를 차버리고, 자신을 불행의 나락으로 내모는 행동이나 다름없습니다.

이제부터라도 자신을 '행복하게 보이게 만드는 것'이 아닌, '실제로 행복하게 만드는 것'들로 삶을 채워나가보는 건 어떨까요? 타인과의 비교를 통해 자신의 행불행을 판단하는 것을 멈추고, 자신의 삶을 가꾸는 데 더욱 관심을 쏟아보는 겁니다.

타인을 기준으로 자신의 행복을 함부로 판단하지 마세요.
더는 스스로 행복할 수 있는 시간을 다른 사람의 행복과 비교하는 데 낭비하지 않았으면 합니다.

03

나로부터
나와 나를 넘어
나에게로 온다.

마르틴 하이데거

나도 아직 나를 알지 못한다

어느 날 진부한 한 문장을 만났습니다. 바로 "자신을 안다고 말할 수 있는 자는 누구인가?"라는 질문이었지요. 평소 같았으면 그냥 지나쳤을 테지만 그날따라 유난히 그 문장이 마음속을 헤집고 들어왔습니다. 그 질문에 자신 있게 대답하지 못한다는 사실을 깨달았기 때문입니다. 마치 누군가 내 머리를 망치로 강하게 내리친 듯한 충격을 받고 한참을 멍하니 서 있었습니다.

내가 나에 대해 모른다는 것을 최초로 인지한 순간이었습니다. 그동안 나는 나를 모른다는 사실조차 모른 채로 살아왔던 겁니다.

'나를 알지 못한다'는 것을 자각하는 일은 매우 중요합니다. 그 사실을 알아차리지 못한다면 자기 자신에 대해 탐구할 필요성을 느끼지 못해 '나'를 알아가기 위한 그 어떤 의식적인 노력도 하지 않을 것이기 때문입니다.

'나'를 완전히 아는 사람은 없습니다.

단지 '나'를 알기 위해
노력하는 사람만이 있을 뿐입니다.

여러분은 자신에 대해 얼마나 알고 있으며,
알아가기 위해 어떤 노력을 하고 있나요?

04

여전히 알지 못한다고 하더라도
더 나은 상태가 되었다는 것이
무의미해지는 것은 아니지 않는가?

플라톤

"네 자신을 알라"라는 말

"나는 누구인가?"

이 질문이야말로 자신이 존재하는 한 끊이지 않고 이어져야 할 물음이라고 생각합니다.

"네 자신을 알라"라고 흔히 말하지만, 정작 그 말이 실현 가능한 이야기인지 생각해본 적은 아마 없을 겁니다. 우리는 정말로 자기 자신에 대해 완벽하게 알 수 있을까요?

수학에 대해 많은 것을 안다고 자부하는 누군가에게 수학을 '얼마나' 아느냐고 묻는다면 어떨까요? 쉽사리 대답하기 어렵지 않을까요? 수학이라는 세계는 끝이 존재하지 않고,

과거에는 진리처럼 여겨졌던 법칙들이 현재에는 받아들여지지 않는 경우도 많으니까요.

수학과 마찬가지로 우리 자아는 지금 이 순간에도 끊임없이 변하고 있습니다. 사람은 어떤 한계를 그어놓을 수 있는 존재가 아니라 우주처럼 끝없이 팽창해나가는 존재이므로, 자아의 세계 역시 끝이 보이지 않는 심연처럼 그 깊이를 함부로 헤아릴 수 없습니다.

자기 자신에 대해 완벽하게 알 수는 없지만, 그렇다고 해서 너무 실망할 필요는 없습니다. 이전보다 '더 많이' 알 수 있는 방법이 있으니까요.

바로 자신의 사고와 행동을 유심히 관찰해보는 겁니다.

자신에 대한 지식을 꾸준히 쌓아가다 보면 스스로를 보다 깊이 이해할 수 있게 될 것이라 믿습니다.

05

종이는 인간보다
더 잘 참고 잘 견딘다.

안네 프랑크

세상이 차갑게 느껴질 때

유독 세상이 차갑게 느껴질 때가 있지요.

그것은 세상이 내 고통을
진실로 알지 못하기 때문입니다.

내 고통은 오로지 내 내면에서만 존재하므로
고통으로 인해 받은 영향을
외부에 표출하지 않는 이상
현실에서는 아무런 일도 일어나지 않습니다.

자신이 느끼는 감정이
마음속에만 머물러 있지 않고

말이나 행동 또는 작품으로 바뀌어 나올 때
비로소 세상에 영향을 끼칠 수 있습니다.
그때는 세상도 내 심정을
조금이나마 알아주겠지요.

바로《안네의 일기》처럼 말입니다.

안네가 이 글을 남기지 않았더라면
그 작은 소녀가
어떤 감정을 느끼며 세상을 살아갔을지
아무도 알지 못했을 겁니다.

내 안의 감정을 기반으로 만들어낸 무언가를
세상에 보여주기 전까지는
세상은 내가 어떤 감정을 느끼고 있는지
알지 못한다는 사실을 꼭 기억하세요.

06

근면은 하나의 도피이며,
자신을 망각하려는 의지에 불과하다.

프리드리히 니체

나로부터 도망치고 있다고 느끼는 순간

무엇을 하고 싶은지 알지 못했던 학창 시절에는 단순히 노력만 하면 모든 것이 해결될 줄 알았습니다. 그래서 주어진 일을 무작정 열심히 했고, 당장 느끼고 있는 불안감을 떨쳐버리기 위해 쉴 틈 없이 움직였습니다. 나에 대해 잘 알지도 못했을 뿐더러 나를 알아가야겠다는 생각도 해보지 않은 채 말입니다. 수능 성적에 맞춰 입학할 대학을 정했고, 인생을 바꿀 수 있는 중대한 결정을 앞두고도 별다른 고민을 하지 않았지요. 지금 생각해보면 나는 '나를 알아가는 것'이 두려웠던 것이 아닐까 싶습니다.

그것도 아니면 당시에 내가 너무 지쳐 있었기 때문일지도 모릅니다. 무엇을 하고 싶은지 알아내는 일은 생각보다 많은 정신적 에너지가 요구되는 일이었으니까요. 심적으로 여유롭지 못한 탓에 '될 대로 돼라'는 식으로 모든 것을 내려놓고 싶었고, 마음속에서 들려오는 소리를 애써 외면했습니다. 그렇게 내 삶에 관심을 기울이지 않을수록 나 자신과 점점 멀어져갔습니다.

사실 자신이 어디에 도착하게 될지는 미리 정할 필요도, 알 수도 없습니다. 그렇다고 해서 자신이 나아가고 싶은 방향에 대해 고민해보지 않는 것이 바람직하다고 말하기도 힘듭니다.

당장의 불안을 떨쳐내버리기 위한 맹목적인 노력은 어쩌면 '자기로부터의 도피'일지도 모릅니다. 눈앞에 놓인 일들을 처리하느라 정작 진정으로 고민해볼 만한 가치가 있는 질문들이 자신의 눈에 들어오지 않는 걸 수도 있어요.

살아가다 보면
'나로부터 도망치고 있다'는
생각이 드는 순간이 찾아올 겁니다.

그때마다 달아나려고 하는

'나'를 붙잡지 않고 그저 내버려둔다면

'나'를 잃어버린 채

원치 않은 타인의 모습으로

살아가게 될지도 모릅니다.

어떠한 상황에서도

자신이 누구인지

잊어버리지 않길 바랍니다.

자기 자신을 쉽게 포기하지 마세요.

◦

07

지나치게 행불행을 따지는 건 어리석다.
내 생애 가장 불행한 시절이라 해도
그것을 내버리는 것은
갖가지 즐거웠던 시절을 내버리는 것보다
더 괴로운 일이기 때문이다.

헤르만 헤세

영원히 행복한 사람도, 불행한 사람도 없다

"여러분은 행복한 사람입니까?"

이 질문에는 이미 오류가 포함돼 있다고 생각합니다. 당장의 순간에는 "나는 행복한 사람이다"라고 대답했다고 해도, 그날 저녁에 갑자기 좋지 않은 일이 생겨 스스로가 '불행하다'고 느낀다면 그때는 어떨까요? 과연 "나는 행복한 사람이다"라고 똑같이 대답할 수 있을까요? 이와 같이 순간적인 감정 변화로 질문에 대한 대답이 달라질 수 있으므로 애초에 그 질문은 불완전한 질문이라고 볼 수 있습니다.

우선 우리는 '사람'이란 명사 앞에 '행복한' 또는 '불행한'이란 형용사를 붙일 수 있는지부터 의심해봐야 합니다. 단어에 어떤 형용사를 수식하는 순간 그 성질만으로 의미가 한정돼버리기 때문입니다. 이를테면 "여러분은 기쁜 사람입니까?", "여러분은 슬픈 사람입니까?"라는 질문은 어떤가요? 뭔가 어색하게 느껴지지 않나요? 내가 '사람'이란 명사 앞에 감정과 연관된 형용사를 붙이기 꺼려하는 이유도 이와 마찬가지입니다. 행복과 불행은 일렁이는 파도처럼 번갈아가며 찾아오는 것이기에 영원히 행복한 사람도, 영원히 불행한 사람도 없습니다.

오류가 포함된 질문에 그대로 답하면 자신의 대답에도 오류가 생기게 됩니다. 무엇보다 자신을 '행복한 사람'이라고 간주한다면 간혹 찾아오는 현실과의 괴리로 인해 심한 역겨움을 느낄 수 있고, '불행한 사람'이라고 단정 짓는다면 자신의 처지에서 벗어나고자 하는 의지를 잃어버릴지도 모릅니다.

따라서 "나는 행복한(불행한) 사람이다"라고 딱 잘라 말하기보다는, "나는 지금 이 순간에 행복(불행)을 느낀다"라고 말하는 편이 자신을 위한 현명한 대답이 될 수 있을 거예요.

누군가 나에게 그런 질문을 한다면 나는 이렇게 대답할 겁니다.

"나는 행복한 사람도 불행한 사람도 아닙니다. 단지 스스로 알맞다고 여기는 상태를 유지하기 위해 매순간 노력하는 사람입니다."

08

천재는 가장 자기 자신다운 사람이다.

델로니어스 몽크

나다워진다는 것

나다워지는 데에만 집중하세요.

굳이 타인과 구별되기 위해 노력하지 않아도

이미 남과 달라져 있을 겁니다.

09

안으로의 자유를 얻기 위해 가장 중요한 것은
'내 힘으로 할 수 있는 것'과
'내 힘으로 할 수 없는 것'을
철저히 구분하는 것이다.

에픽테토스

마음속 지진을 잠재울 수 있는 방법

고민이 생기면
마음속 깊은 곳에서 지진이 일어나고
불안이라는 진동이 온몸을 타고 퍼집니다.

지진이 발생한 원인을 살펴보기 위해서는 불안의 심연으로 들어가야 합니다. 외부에서 들려오는 잡음들을 모두 차단하고 자신의 마음속에서 들려오는 소리에 조용히 귀 기울여보세요. 산책, 명상, 사색 등 다양한 방법을 통해 지기 자신과 진솔한 대화를 나누며 마음속 지진으로부터 입을 수 있는 피해를 차근히 줄여나가보는 겁니다.

누구는 명상을 하거나 사색에 빠지는 것이 '시간 낭비하는 행위'라고 생각할 수도 있겠지만, 나는 그런 행위를 주기적으로 하는 것이 오히려 시간을 더욱 절약할 수 있는 방법이라고 생각합니다. 나와의 만남을 통해 중요한 질문을 던지는 시간을 의식적으로 확보하지 않는다면 그저 몇 시간이 사라지는 것에 그치지 않고, 수개월, 수년의 시간이 연기처럼 사라져버릴지도 모르기 때문입니다. 의미 없이 시간을 흘려보낼 바에는 잠깐이라도 사색을 하고 나머지 시간을 제대로 사용하는 편이 낫지 않을까요?

내면에서 일어나는 지진은
'서둘러 대피하라'는 하나의 경보와 같습니다.

작은 떨림도 곧바로 감지할 수 있도록
마음속 지진계를 수시로 확인하세요.

만약 진동이 발생했다는
소식을 듣고도 계속 무시한다면
지진이 도착했을 때는 이미 걷잡을 수 없는
피해를 입게 되어 더욱 힘들어질 수도 있습니다.

10

속담에 의하면,
모든 사람은
그 자신에게는 전 세계일지 몰라도
나머지 사람들에게는
전 세계의 지극히 하찮은 부분에
불과하다고 한다.

애덤 스미스

세상 사람들은 나에게 별 관심이 없다

여러분은 하루에 타인을 생각하며 보내는 시간이 얼마나 되나요?

예전에는 많은 사람들이 내 삶에 관심을 가지고 있을 것이라고 생각했습니다. 하지만 그것은 순전히 나만의 착각이었습니다. 세상 사람들이 관심을 가지고 있었던 건 내가 하는 말이나 행동이었지, '내 삶' 자체가 아니었습니다. 어쩌면 내가 실제로 어떤 삶을 살아가고 있는지 관심 있는 사람은 거의 없다고 말해도 무방할 겁니다.

우리는 일생동안 수백, 수천 명 이상의 사람들과 알고 지냅니다. 가족이나 연인처럼 애틋하게 여기는 대상이 아닌 이상 타인을 생각하면서 시간을 보내는 사람은 거의 없을 거예요. 친한 친구들의 경우에도 만나고 있거나 연락하는 순간에는 잠시 서로의 삶에 관심을 가질지 몰라도, 그 역시 헤어지거나 눈앞에 보이지 않으면 곧바로 각자의 삶으로 다시 돌아가게 됩니다.

자신이 원하는 삶을 살아가기로 결심했다면 주위 사람들이 어떻게 바라볼지에 대해 너무 걱정하지 마세요. 누군가의 처지를 걱정할 만큼 여유를 가지고 있는 사람들은 드물 뿐더러, 그들에게도 당장 해결해야 할 문제들이 산더미처럼 쌓여 있을 테니까요. 이렇게 생각하면 원하는 삶을 향해 내딛는 발걸음이 훨씬 가벼워질 겁니다.

세상 사람들이 나에게 별다른 신경을 쓰지 않는다는 중대한 사실을 알아차렸을 때, 비로소 우리는 자신의 삶을 주도적으로 이끌어나갈 수 있습니다.

11

인간이 지닌 개별성을
획일적으로 소진하는 대신,
타인의 권리와 이익을
침범하지 않는 범위 내에서
각자의 개별성을 계발해 가꿔낼 때,
인간은 고귀하고 아름다운
사색하는 존재가 된다.

존 스튜어트 밀

내 선택을 쌓는 연습

예전에 머리를 하얗게 탈색한 적이 있습니다. 우리나라에서 흰색 머리를 해본 사람은 그리 많지 않을 겁니다. 내가 그런 결정을 한다고 했을 때 대부분의 주위 사람들은 반대했습니다. "나와 어울리지 않는다", "색깔이 너무 튄다" 등 그들은 수많은 이유를 들며 나를 말렸습니다.

그럼에도 불구하고 나는 과감하게 흰색으로 탈색을 했습니다.

이유는 간단합니다.
살아가면서 한 번쯤은 꼭 해보고 싶었기 때문입니다.

즉, 나와 어울리지 않든, 색깔이 튀든 간에 나에게는 '흰색 머리를 해보고 싶다'는 마음이 더 중요한 가치였던 겁니다.

여러분은 스스로 만족하는 인생을 살아가고 싶나요,
아니면 타인을 만족시키는 인생을 살아가고 싶나요?

만약 전자의 삶을 살아가고자 한다면 내가 하얗게 머리를 탈색했던 방식대로 선택을 내리는 편이 상당히 도움 될 겁니다. 누군가는 "머리 탈색한 것이 뭐 그렇게 대수냐"라고 말할 수도 있겠지만, 여기서 중요한 건 탈색 그 자체가 아니라 그러한 판단을 내린 근거입니다. 만일 그때 내 생각을 따르지 않았다면, 그와 비슷한 상황이 또다시 생겼을 때에도 내 생각을 따르지 않을 확률이 높지 않을까요?

우리는 인생을 살아가면서 수많은 결정을 내려야 합니다. 음식이나 옷 스타일 등 아주 작은 선택일지라도 타인의 시선이나 의견을 신경 쓰지 않고 우선 자신이 원하는 것을 선택해보세요. 물론 타인에게 피해를 끼치거나 법에 어긋나지 않는 범위 내에서 말이지요. 이러한 일상의 작은 선택들이 쌓이면 자신의 삶을 주체적으로 이끌어나갈 수 있는 기반이 될 겁니다.

명심하세요.
타인의 말에 쉽게 휘둘리고
그들의 의견을 지나치게 존중하다 보면
결국 자신보다 타인의 의견에 더 많은 가치를 둔 채로
인생을 살아가게 될지도 모른다는 것을요.

여러분이 스스로 원하는 것이나
자신의 생각이 지닌 가치를
쉽게 부정하지 않았으면 좋겠습니다.

12

행복이란
스스로 깨달은 진리를
의심 없이 즐길 수 있는
사람들을 위한 것이다.

랄프 왈도 에머슨

행복은 결코 객관화할 수 없다

이제 나는

사람들이 말하는 행복이 아니라

내 온몸에 퍼지는

행복만을 믿기로 했습니다.

。

2017년 여름, 런던에서 지내는 동안 시간이 많았던 나는 그저 발길이 닿는 대로 온 도시를 걸어 다니곤 했습니다. 그러다 하루는 세인트 폴 대성당 근처에 있는 포스트맨즈파크(Postman's Park)를 방문했고, 영화 〈클로저〉의 주인공 주드로처럼 그가 서 있던 자리에서 바라본 벽화를 봤습니다. 내 눈앞에 펼쳐진 모습이 영화에서 봤던 장면과 완전히 일치했고, 순간 온몸에 전율이 일어났어요.

주위에 있던 사람들 중에 나와 완전히 똑같은 감정을 느낀 사람은 아마 없을 겁니다. 내가 느낀 이 감정은 세상에서 오로지 나만 느낄 수 있는 것이니까요. 실제로 그 장소에 있다는 사실만으로도 행복했던 나와는 달리, 런던 시민들은 아무런 신경도 쓰지 않고 그저 그곳을 지나가기 바빠 보였습니다. 매일 그곳을 지나다니는 그들의 눈에는 그저 평범하고 작은 공원에 불과했을 테니까요.

그 순간 나는 아무리 똑같은 사물을 보더라도 누가 보는지, 어떤 배경을 가지고 있는지, 가치관이 무엇인지에 따라 드는 생각이 모두 다르다는 것을 절실히 느꼈습니다. 나 자신도 기분에 따라 같은 사물을 볼 때 드는 생각이 전부 다른데, 타인의 감정과 내 감정이 어떻게 완전히 똑같을 수 있을까요. '내가 무언가를 좋아한다고 해서 다른 사람도 그것을 좋아하는 건 아니다'라는 진부한 교훈을 다시 한 번 체감할 수 있었던 소중한 경험이었습니다.

그렇습니다. 행복은 결코 객관화할 수 없습니다. 나 이외에 타인의 행불행을 논하는 것 자체가 이미 오류입니다. 모든 추측은 불확실한 전제일 뿐이며, 내가 다른 누군가가 되어보지 않은 이상 그가 어떤 감정을 느끼는지는 영원히 알 수 없습니다. 개인마다 고통, 기쁨, 슬픔을 인식하는 정도와 사소한 부분들까지 제각각 달라서, 누구는 햇빛이 쨍쨍한 맑은 날씨를 좋아하지만 다른 누구는 구름이 우중충한 비 오기 직전의 흐린 날씨에서 상쾌함을 느낄지도 모릅니다.

누군가 어떤 일을 하고 있을 때 행복하다고 해서 나도 그 일을 하면 행복할 것이라고 장담하기란 어렵습니다. 내 안에서 느껴지는 행복만을 믿고 각자의 방식으로 즐길 수 있는 일들을 하면 됩니다. 그거면 충분해요.

아파서 침대에 눕게 된 사람은
때때로
자신의 직업이나 일,
인간관계에서 병을 얻었으며
그런 것들 때문에
자신을 돌보지 못했다는
사실을 발견한다.
그는 질병이
그에게 강요하는 여유로
그러한 지혜를 체득한다.

프리드리히 니체

우울할 때 살펴봐야 할 세 가지 사항

혹시 지금 우울하다고 느끼나요?

만일 그렇다면 다음 세 가지 사항 중에 자신이 놓치고 있는 건 없는지 한번 살펴보길 바랍니다.

첫째, 햇볕을 충분히 쬐었나요?

동·식물을 포함한 대부분의 생명체는 태양 없이 살아갈 수 없듯 태양은 모든 에너지의 근원이라 할 수 있습니다. 햇빛은 멜라토닌, 세로토닌 등 인체에 중요한 다양한 호르몬의 형성에 영향을 끼칩니다. 만약 하루에 최소 15분 이상 햇빛을 충분히 보지 못하면 우울감 해소에 도움을 주는 비타민 D가 체내에서 잘 생성되지 않아 우울한 느낌에 시달릴 수 있습니다. 실제로 해가 떠 있는 시간이 짧은 북유럽 지역에서 상대적으로 우울증이 많이 발생합니다.

둘째, 과일을 먹었나요?

과일은 몸에 비타민을 공급해주는데, 특히 비타민 C는 피로회복에 좋습니다. 몸에 적절한 영양소가 공급되지 않으면 정신도 피폐해질 수밖에 없습니다. 술을 먹으면 다음 날 숙취로 인해 머리가 아프듯이 신체가 건강하지 않으면 마음도 덩달아 우울해지기 쉽습니다. "제대로 먹지 않으면 몸이 영혼을 내팽개친다"라는 말을 꼭 기억하세요.

셋째, 운동을 꾸준히 하고 있나요?

운동을 꾸준히 하면 일상에 활력이 생기고, 여러 질병을 예방할 수 있다는 장점이 있습니다. 특히 유산소 운동은 몸에 쌓인 노폐물을 땀과 함께 배출해줄 뿐만 아니라 적절한 피로감을 느끼게 만들어줘 숙면에도 상당한 도움을 줍니다.

우울하고 힘든 순간에는 오직 '건강에만 신경 쓰자'는 마음가짐을 가지는 편이 좋습니다. 몸이 아파본 사람이라면 건강하다는 사실이 인생을 살아가는 데 있어 얼마나 중요한 가치이고 큰 힘이 되는지 잘 알고 있을 겁니다.

인간을
불행으로 이끄는 건
많은 동의를 얻은 것이
가장 좋은 것이라는 생각으로
소문에 따라 움직이는 것이며,
이성 대신 모방을 통해 사는 것이다.
이로 인해 몰락한 사람들 위로
다시 몰락한 사람들이 쓰러져
거대한 산더미를 이루고,
앞서 쓰러진 사람들은 또다시
다른 사람의 인생을 끌어들여서
뒤따르는 사람들에게도
파멸을 초래하게 만든다.

루키우스 세네카

타인에게 쉽게 휘둘리지 않으려면

《인간 불평등 기원론》에서 장 자크 루소는 "노예의 상태에 놓여 있는 자들은 자신과 같은 상태를 공유하지 않는 자들을 경멸한다"라고 했습니다. 눈앞에 나타난 자유로운 영혼이 노예의 고통을 더욱 증대시키기 때문에, 노예들은 서로 도망가지 않고 곁에 남아 있도록 끊임없이 설득하기도 합니다. 다른 노예를 걱정하는 마음보다 자기 자신의 심리적 안정감을 위해서 말이지요.

"어차피 나 혼자 죽는 것도 아니잖아. 다 같이 죽는 거면 상관없어."

우리도 종종 이렇게 말하곤 합니다. 사람들은 자신이 부당하거나 불합리한 대우를 받아도 그에 대한 처벌을 다함께 받으면 자신의 고통도 줄어든다고 착각합니다. 흉악범에게 칼을 맞아 혼자 죽는 건 무척이나 억울하게 여기면서도, 적국에게 핵을 맞아 온 국민이 죽을 수 있다는 점에 대해선 대부분 사람들이 무감각하게 받아들이는 것도 바로 그러한 이유 때문이겠지요. 그래서 가끔 사람을 멀리서 보면 자신이 절벽 끝으로 향하고 있다는 사실보다 자신과 비슷한 운명에 놓인 사람들이 얼마나 되는지에 더욱 관심 있는 것처럼 보이기도 합니다.

타인에게 휘둘리지 않는 자신이 되기 위해선 사람들이 하는 말을 곧이곧대로 받아들이지 말아야 합니다. 그들이 나에게 그러한 말을 하는 진정한 의도는 무엇인지, 혹시 알지 못하는 이해관계는 없는지 한 번쯤은 꼭 의심해보는 것이 좋습니다. 그 말이 어쩌면 나를 위한 말이 아니라 그들 자신을 위한 말일지도 모르니까요.

15

마음을 옭아매는 고통의 고삐를
단호히 끊는 자는
영혼의 최상의 구제자다.

오비디우스

고민이 머릿속에 가득 찬 날에는

주말 중 하루는 꼭 시간을 내서 집 근처 목욕탕에 갑니다. 목욕탕에서 보내는 시간을 '한 주간 나를 괴롭힌 문제들에 대해 고민하는 시간'으로 정해놓았기 때문입니다. 만약 그 시간 동안 해답이 떠오르지 않는 고민은 '어차피 오래 고민한들 당장 해결할 수 없는 문제'로 간주하고 그냥 내버려둡니다. 미련을 버리고 평소처럼 생활하다 보면 신기하게도 해결 방안이 불현듯 떠오르곤 합니다.

이처럼 나는 어떤 고민거리가 생길 때마다 물속에 몸을 담그려고 하는 편입니다. 물속에 몸을 담금으로써 얻는 이점이 무엇이기에 그럴까요?

몸을 물속에 담그면 최상의 정신 상태로 문제를 바라볼 수 있게 됩니다. 모든 사람은 태아 시기를 어머니의 자궁 속 양수에서 보냈고 물은 생명을 치유하는 초자연적인 힘을 지니고 있기에, 물속에 몸을 담그고 있다 보면 자연히 가장 평온하고 건강한 상태로 돌아가게 되는 것이지요. 온천이나 목욕탕에 다녀오면 상쾌한 기분을 느끼는 것도 그러한 이유에서 비롯된다고 볼 수 있습니다.

최상의 컨디션에서도 떠올리지 못한 생각을 최악의 컨디션에서 떠올린다는 건 불가능에 가깝지 않을까요? 특히 극도로 스트레스를 받았거나 피곤한 상태라면 중요한 결정을 내리는 일만큼은 반드시 피해야 합니다. 그러한 상태에서 내린 선택은 대부분 좋지 않은 결과를 불러올 확률이 높습니다. 나 역시 중요한 결정을 내리기 전에는 항상 컨디션을 먼저 끌어올리도록 노력하고 있습니다.

무엇보다 중요한 것은 자신의 몸을 물에 통째로 담그는 일과 외부의 세계로부터 한 발짝 떨어져 사색에만 온전히 몰입할 수 있는 환경을 만드는 일입니다. 만약 대중탕에 가는 일이 다소 껄끄럽게 느껴진다면 집에 있는 욕조에 물을 받아놓고 반신욕을 하는 것도 좋습니다.

오랫동안 시달리고 있는 고민이 있다면 내 말을 믿고 한 번 따라 해보세요. 물을 통해 생기를 되찾는 방식이 비단 나뿐만 아니라 여러분에게도 통하리라 믿습니다.

16

내가 혼자 걸어서 여행하던 때만큼
그렇게 많이 생각하고,
충만한 존재감을 느끼고,
완벽하게 나 자신인 적은 없었다.

장 자크 루소

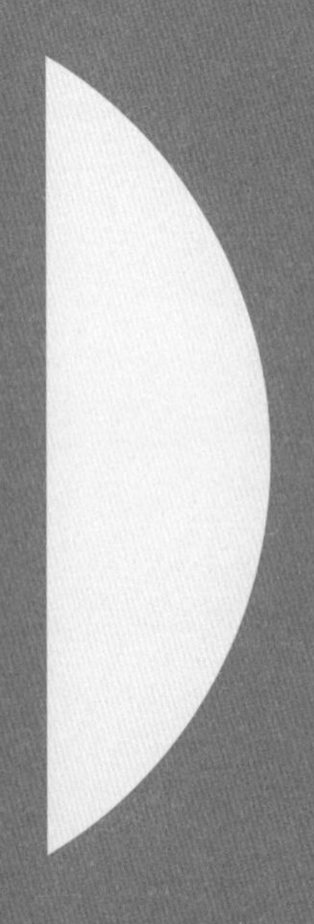

홀로 떠나는 여행의 진정한 의미

나 자신과 아직 친하지 않을 때 가장 필요한 건 '혼자 여행하는 시간'이 아닐까 생각합니다. 우리가 자신에 대해 잘 알지 못하는 까닭은 오롯이 혼자 있어본 적이 없어서일 수 있습니다.

혼자 여행을 다녀본 사람이라면 무엇을 할지, 어디서 잘지, 뭘 먹을지 등 수많은 선택들이 자신에게 달려 있음을 알 겁니다. 누구의 도움이나 방해 없이 모든 것을 혼자 결정하고 책임져야 하는 것도요.

그렇게 오랫동안 홀로 여행을 다니다 보면 어느새 자신의 내면에서 들리는 소리에 귀를 기울이게 됩니다. 자신이 무엇을 원하는지도 선명해지고요. 그 순간 '나'가 나에게 한 발자국 더 가까이 다가왔음을 느끼게 될 겁니다.

17

내 삶은 그 자체를 위한 것이지,
남에게 보여주기 위한 것이 아니다.

랄프 왈도 에머슨

자기만의 곡을 만들어가는 과정

나는 인생을 살아가는 과정이
하나의 곡을 만드는 과정과 비슷하다고 생각합니다.
사람에 따라
잔잔하고 평화로운 곡을 만들거나
장엄하고 웅장한 곡을 만들 테지요.

음악에 옳고 그름을 따질 수 없듯
인생에도 정답은 존재하지 않습니다.
다른 누군가의 삶과 자신의 삶을 비교하는 건
클래식과 재즈처럼 서로 다른 장르의 음악을
비교하는 것과 같습니다.

우리는 각자 개인의 취향에 맞는 곡을
만들어나가면 그만입니다.

나는 누군가 정해놓은 악보를 따르기보다는
나만의 즉흥곡을 연주하기로 다짐했습니다.

물론 누군가에게는 내 곡이
불안정하게 들릴 수 있겠지만,
그것은 나에게 그다지 중요하지 않습니다.
다른 사람을 만족시키는 곡보다
나 자신부터 만족할 수 있는 곡을
만드는 것이 우선이니까요.

인생이란 곡에서 가장 중요한 파트는
내 숨결이 다하는 순간
후회가 아닌 안도의 한숨을
내쉴 수 있는지의 여부일 겁니다.

2장

경험을 발판 삼아 나아가보길

18

하루하루는
결코 알 수 없는 것들을
한 해 한 해가 알려준다.

랄프 왈도 에머슨

의미 없는 일은 없다

모든 일에는 의미가 있습니다.

하물며 시간을 낭비했다고

느끼는 일에도 얻는 것이 있습니다.

그 경험으로 인해

시간을 낭비하는 법을 배웠으니까요.

만약 자신이 시간을 낭비하는 일을

여전히 반복하고 있다면

아직 그 일로부터 어떠한 깨달음도

얻지 못했음을 의미할 겁니다.

19

인간은 앞을 바라보면서 살아야 하지만,
자신의 삶을 이해하기 위해서는
뒤를 돌아봐야 한다.

쇠렌 키르케고르

삶의 나침반이 되어줄 과거

무엇을 해야 할지 몰라 막막했던 때가 있었나요?

대부분의 사람들이 그렇듯 나에게도 그러한 순간들이 있었습니다. 그때마다 내가 어느 방향으로 나아가야 할지 알려주는 나침반 같은 존재가 필요하다고 생각했습니다. 해야 할 일이 많아지는 상황도 물론 힘들겠지만, 무엇을 해야 할지 모르고 이리저리 방황하는 순간은 그 자체로 이미 고통스러운 일이었기 때문입니다.

우선 지난 일주일 또는 한 달간 내 모습을 돌이켜보며 스스로 만족하는 시간을 보냈는지, 아님 후회하는 시간을 보냈는지 스스로에게 물었습니다. 과거에 보낸 시간을 후회하면서도 여전히 똑같은 방식으로 시간을 보내고 있는 것 같다면 나에게 변화가 필요한 시점이라고 생각했습니다. 결국 '후회'라는 감정이 나에게 있어 하나의 나침반과 같은 역할이었던 셈이지요.

그 순간, 나를 위한 정답은 과거에 내린 선택을 통해 느꼈던 기쁨과 슬픔 속에 모두 들어 있다는 것을 깨달았습니다. 앞으로 어떤 식으로 행동해야 할지도 이미 지나온 과거에 녹아 있었던 겁니다.

나를 위한 최고의 스승은
바로 자기 자신입니다.

그동안 내가 어떤 결정을 내려왔는지 차근히 살펴본다면 지금 내가 나아가야 할 방향도 알아낼 수 있을 것이라 믿습니다.

20

참고 경험은
우리 삶의 틀이 된다.
참고 경험이 많아지고
질이 높아질수록
잠재적인 선택의 수준이 높아져,
결국 삶의 질도 높아진다.
참고 경험이란
신경회로 안에 저장된
삶의 모든 경험이며,
무엇보다 중요한 건
참고 경험 그 자체가 아니라
참고 경험에 대한 이해다.

토니 로빈스

경험의 폭을 넓혀야 하는 이유

새로운 경험은 아직 맛보지 않은 과일을 직접 먹어보는 행위와도 비슷합니다. 사과와 배를 모두 먹어봐야 둘 중에 어떤 과일을 더 선호하는지 알 수 있듯이, 경험은 우리에게 만족의 크기를 평가할 수 있는 기준을 제공해줍니다.

앞으로 한 종류의 과일만 평생 먹고 살아야 한다고 가정해보세요.

온갖 과일이 눈앞에 놓여 있을 때 그중에 먹어본 과일이 사과와 배뿐이라면, 과연 한 번도 먹어보지 못한 포도를 함부로 고를 수 있을까요? 반대로 복숭아, 오렌지, 바나나, 포도, 멜론, 키위 등 이미 많은 과일을 먹어봤다면 그중에서 가장 자신에게 큰 만족감을 줬던 과일을 고르게 될 겁니다. 물론 한 가지 과일만 계속 먹다 보면 질릴 순 있겠지만 후회는 덜 하겠지요. 다른 과일을 골랐다면 그보다 더 빨리 싫증을 느낄 것이라는 걸 스스로가 더 잘 알고 있을 테니까요.

우리 삶은 순간의 선택들이 모여서 만들어지고, 새로운 선택의 순간에는 과거의 경험이 판단의 근거가 됩니다. 결정에 대한 후회를 줄이고 만족감을 높이기 위해서라도 다양한 경험을 해보세요. 경험의 폭이 넓을수록 더 나은 판단을 내릴 수 있고, 더 나은 선택을 고를수록 삶의 만족도는 자연히 올라갈 겁니다.

21

우리를 지배하는 감정은 그것과 반대되고,
그것보다 강력한 감정에 의하지 않고는
억제되거나 제거될 수 없다.

바뤼흐 스피노자

실패에 대한 두려움을 줄이려면

실패에 대한 두려움을 줄이고 싶다면
위험 부담을 의도적으로 줄일 필요가 있습니다.

똑같은 외나무다리를 건너도 절벽 사이에 놓인 나무를 건너는 일과 1미터 높이에 놓인 나무를 건너는 일은 분명 다를 겁니다. 나무를 건너기 위해 요구되는 능력은 같겠지만, 전자는 실패할 확률이 높고 후자는 성공할 확률이 높겠지요. 전자는 절벽 아래로 떨어질 것을 걱정하느라 나무를 건너는 일에 온전히 집중할 수 없을 테니까요.

비단 나무를 건너는 일뿐만 아니라 우리가 일상에서 마주하는 수많은 도전들도 이와 비슷합니다. 자신이 느끼고 있는 두려움이나 공포가 클수록 그 일을 해내지 못할 확률은 자연히 커지기 마련입니다. 그러니 위험 부담이 큰 시도보다는 잃을 것이 거의 없는 시도, 즉 실패해봤자 잃을 것이라고는 시간밖에 없는 그런 일들을 여러 번 나눠서 해보는 건 어떨까요?

잊지 말아야 할 점은 멘탈이 흔들리고 있을 때는 무슨 일이든 제대로 해낼 수 없다는 점입니다. 여러분의 멘탈이 작은 충격에도 쉽게 무너지는 편이라면 일부러라도 그 충격을 작게 만들어보세요. 실패에 대한 두려움은 점차 사라지고 온전히 그 일에만 집중할 수 있게 될 겁니다. 마치 1미터 높이에 놓인 나무 위를 건널 때처럼요.

22

만일 내가 죽지 않는다면 어떨까?
생명을 되찾게 된다면 어떨까?
그것은 얼마나 무한한 것이 될까?

표도르 도스토옙스키

시간의 소중함을 몸에 새기기

매주 주말 저녁이면 친구들과 함께 축구를 합니다. 하루는 한겨울 날씨에 짧은 옷을 입고 경기에 임했더니 다음 날 아침부터 몸이 으슬으슬해지면서 결국 몸살이 나고 말았습니다.

온몸에 열이 심하게 나서 아무것도 하지 못하고 하루 종일 침대에만 누워 있었습니다. 뜨거워진 몸을 식히기 위해 수건에 물을 적셔 이마와 팔다리를 연신 닦았지요. 몇 시간이 지나자 다행히 체온이 조금씩 떨어지기 시작했고, 열이 완전히 가시자 놀라울 정도로 정신이 맑아졌습니다. 마치 새로 태어난 것처럼요.

그 순간 침대에서 가만히 누워 천장만 바라보고 있어야 했던 시간이 너무나도 아깝게 느껴지면서, 새롭게 무언가를 시작하고 싶다는 욕구가 마구 뿜어져 나왔습니다. 내 의지와 상관없이 아무것도 할 수 없는 상황을 보내고 나니 무언가를 할 수 있다는 사실이 더욱 소중하게 느껴졌던 겁니다.

불현듯 이런 생각이 들었습니다.

혹여나 무기력한 상태에 빠져서 아무것도 할 수 없게 되었다면, 일부러 시간을 낭비해보는 것도 괜찮지 않을까 하고요. 아무것도 하고 싶지 않을 때 정말 아무것도 하지 않음으로써 내 안에 있는 '청개구리 기질'을 자극하는 겁니다. 오히려 어떤 일을 더욱 하고 싶게 말이에요.

우리는 무언가를 잃고 나서야 비로소 그것의 소중함을 절실히 깨닫곤 합니다. 그런 점에서 보면 도스토옙스키, 솔제니친, 빅터 프랭클 등 보통 사람들은 도저히 상상하기조차 힘든 글을 쓴 사람들이 모두 수용소 생활을 했다는 점은 결코 우연이 아닐지도 모릅니다. 그들은 자유와 시간을 잃어버림으로써 이 두 가지의 소중함을 그 누구보다도 뼈저리게 느낀 인물들이니까요.

여러분도 시간의 소중함을 온몸에 새기는 경험을 해본 적 있나요? 만약 그것을 몸에 지니게 된다면 이전에는 해내지 못할 것이라고 생각했던 일들도 거뜬히 해낼 수 있다는 자신감이 생길 것이라 믿어 의심치 않습니다.

23

만일 하나를 택하고
다른 하나를 포기한다면
어떤 결과가 나타나는가?

루트비히 폰 미제스

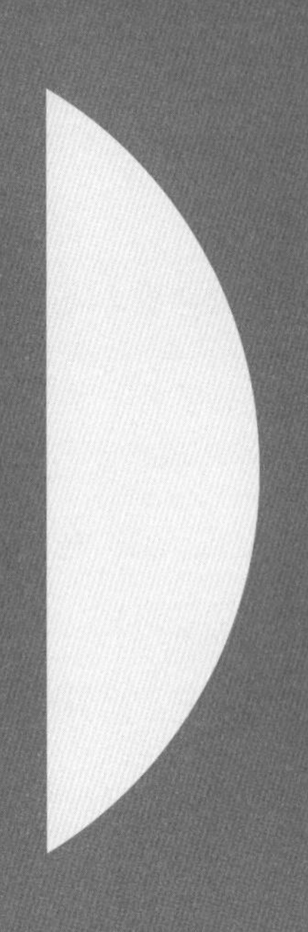

능동적 포기

'포기'를 무조건 부정적인 시선으로
바라볼 필요는 없습니다.

어떤 일을 포기함으로써
상황이 이전보다 더 나아졌다면
그 일을 포기한 것이
오히려 현명한 선택이 될 수 있습니다.

새로운 만남보다 이별이 더 힘든 것처럼
이전부터 지속해오던 일을 포기하는 건
심적으로 괴로운 일입니다.
포기를 확신하기까지도 참 힘들지요.

하지만 기존 방식을 따르기를 그만두고

새로운 방식을 추구하기로 결심했다면

절실함과 확고한 의지는

이미 갖춘 것이라 볼 수 있습니다.

'능동적 포기'는

이전과 다른 선택이

자신에게 더욱 간절하다는 말이며,

그것을 실제로 이뤄낼

자신감이 있다는 뜻이기도 합니다.

더는 포기라는 단어에 지나치게 연연하지 말고,

그 대신 자신이 해오던 일을 그만뒀을 때

'앞으로 어떤 삶을 살아가야 할까'에 대한

답을 찾아보는 건 어떨까요?

24

우리가 새로운 견해를 택하는 이유는
과거의 견해를 가지고 살기에는
지나치게 성장했기 때문이다.

프리드리히 니체

이미 지나간 결정에 매달리지 않을 것

'지금 같은 삶을 계속해서 살아가야 한다면 나는 과연 행복해질 수 있을까?'

문득 내 인생의 나날이 치열한 고민 없이 내린 결정들에 의해 흘러가고 있다는 생각이 들었어요. 혹시 당장의 기분을 위해 지난 과오를 덮으려는 건 아닌지 확인하고 싶어 예전으로 돌아가더라도 똑같은 행동을 반복할 건지 스스로에게 물어봤습니다.

"아니요."

그 질문에 대한 내 대답은 단호했습니다.

먼저 과거의 내가 얼마나 부족했는지 떠올려봤어요. 경험의 폭도 매우 좁았을 뿐더러, 무엇이 나를 위한 '더 나은 선택'인가를 구분할 수 있는 분별력 또한 지니고 있지 않았습니다.

다시 말해
그 당시에 내렸던 판단들은
예전의 내가 할 수 있었던 최선의 선택이었지,
지금의 내가 할 수 있는 최선이 아니었던 겁니다.

이런 마음을 가지니 새로운 결정을 내리는 것이 그다지 두렵지 않아졌습니다. '그동안 어떻게 살아왔는지'보다 중요한 건 '앞으로 어떻게 살아갈 건가'이기에 이미 지나간 선택들을 억지로 붙잡고 있을 필요가 없어진 것이지요. 또한 여러 시행착오를 겪으며 성장한 덕분에 더 나은 결정을 내릴 수 있는 안목을 갖출 수 있었습니다.

인생을 바꾸는 중요한 기로에서 했던 생각을 잊지 않기 위해 급하게 노트에 옮겨 적어놓았던 문장 한 줄을 소개하고자 합니다.

성급하게 내린 단 한 번의 결정에

남은 내 인생을 송두리째 내맡길 필요는 없다.

◦

25

나는 아무것도 하지 않은 것을 후회하느니
차라리 실패를 후회하는 삶을 살겠다.

엠제이 드마코

새로운 도전을 하기가 망설여질 때

자신이 원하는 일을 시도하지 않았을 때
감당해야 할 자책감이
원하는 바를 이루지 못했을 때
짊어지게 될 부담감보다 크다면
과감하게 뛰어드는 것이 좋다고 생각합니다.

새로운 일에 도전했을 때
어떤 결과가 나올지는 예상하기 어렵지만,
시도조차 하지 않으면
커다란 후회가 남을 것이라는 사실은
분명하기 때문입니다.

설령 자신이 원했던 결과를

얻지 못했다고 하더라도

시도해보지도 않았다는

미련과 아쉬움으로부터

자유로워질 수 있을 겁니다.

26

모든 실패는
그에 상응하는 성공의 씨앗을 낳는다. (……)
예전에 내가 만난 인물은
그의 인생에 있어
'장기적인 엄청난 성공'과
'한때의 대재앙적인 사건' 사이에
아주 포착하기 힘든 미묘한 연관성이
존재한다는 사실을
나에게 말한 적이 있었다.

로버트 링거

지금의 실패가 언젠가 기회가 되어 돌아온다

고등학생 때 나는 매일 하루 12시간 동안 책상에만 앉아 있었습니다. 주말에 어디 한 번 놀러간 기억도 딱히 없습니다. 그렇게 고등학교 3학년이 되었고, 마지막 9월 모의고사에서 처음으로 목표 대학에 갈 수 있는 성적을 받았습니다. 소위 'SKY'라고 불리는 곳 중 하나였지요.

하지만 언제나 그렇듯 자만은 추락을 불러왔고, 모의고사 때만큼 수능을 잘 보지 못했습니다. 비록 만족할 만한 점수는 받지 못했으나 재수를 할 여력이 도저히 남아 있지 않았던 나는 비교적 학비가 많이 들지 않는 지방의 한 국립대에 지원했고, 그곳에서 공부했습니다.

운이 좋게도 대학교 측에서 학비와 생활비를 지원해주는 조건으로 부다페스트에 있는 한 공대로 복수학위를 다녀올 수 있었습니다. 그곳에서는 방학이나 시간이 생길 때마다 틈틈이 여행을 다녔고, 귀국하고 나서는 본격적으로 글을 쓰기 시작했어요.

과거의 경험들을 떠올리며 '만약 수능 점수가 좋아서 가고 싶었던 대학교에 들어갈 수 있었다면 어떻게 되었을까?' 하고 한번 상상해봤습니다.

우선 서울에서 지낼 방을 구해야 하고 매달 나가는 생활비에 적잖은 부담을 느꼈겠지요. 비싼 학비를 마련하기 위해 학자금 대출을 받았을 테고, 졸업할 시기가 되면 대략 1억 원 정도의 빚이 생겼을 겁니다. 자본은 사람에게 용기를 주지만, 빚은 두려움을 가져다주기 마련입니다. 과연 그 정도로 많은 빚이 나에게 있었다면 하고 싶은 일에 과감히 도전할 수 있었을까요? 내가 기존에 다니던 대학교에서 받았던 만큼의 특별한 대우를 받을 수 있었을까요?

결과적으로는 수능을 잘 보지 못했던 것이 오히려 빚 걱정에 시달리지 않고 내 삶을 주도적으로 이끌어나가는 데 도움이 되었다고 생각합니다.

이처럼 인생이 어떻게 풀리게 될지는 아무도 모릅니다. 현재의 불행이 시간이 지나면 인생을 바꿔준 기회가 되기도 하고, 지금 당장의 행운이 언젠가 자신의 발목을 잡는 덫이 될 수도 있습니다. 사슴이 자신이 가진 뿔을 자랑하다 그 뿔이 나뭇가지에 걸려 사냥꾼에게 잡히고 마는 이솝우화 이야기처럼요.

그러므로 인생을 살아가면서 갖가지 시련을 겪더라도 쉽게 흔들리거나 지나치게 동요하지 않길 바랍니다. 그 경험이 자신에게 해가 될지 득이 될지는 오랜 시간이 지나봐야 비로소 알 수 있으니까요.

27

위대함은
단번에 무너지는 것이 아니라,
끊임없이 잘게 부서져 내린다.
모든 것 속으로 들어가 자라고
어디에나 달라붙을 줄 아는 식물,
이것이 우리에게 있는
위대한 것을 파멸시킨다. (……)
우리가
이 작은 잡초를 조심하지 않으면
알지 못하는 사이에
그것 때문에 몰락하게 된다.

프리드리히 니체

어중간한 불행이 더 무서운 법

참담한 시련 못지않게 무서운 건
'어중간한 불행'입니다.

어중간한 불행은 우리가 늪에 빠지고 있다는 사실을 인지할 수 있는 기회를 좀처럼 주지 않습니다. 그 사실을 깨달았을 때쯤에는 어느새 자신의 몸 위쪽까지 진흙이 차올랐을 확률이 높습니다.

당장은 별다른 차이를 느끼지 못하겠지만, 오랜 시간이 지나고 나면 어중간한 불행이 자신의 잠재력을 조금씩 갉아먹고 있었다는 사실을 알게 됩니다.

28

내가 확실하다고 생각하는 대상은
나의 제한적 지각 등의 인식 능력으로
인지한 것에 불과하다.

임마누엘 칸트

현실을 어떻게 바라볼지는 스스로 정해야 한다

사실 우리가 현실이라고 믿고 있는 현실은 진짜 현실이 아닙니다. 진정한 현실은 제한된 인식 능력만을 지닌 사람이 함부로 판단할 수 있는 것이 아니기 때문입니다.

가령 내가 "이것이 현실이다"라고 말했을 때 사람들은 내 말을 믿지 않을 겁니다. 내가 불완전한 사람임을 잘 알고 있을 테니까요. 그러나 그들 자신이 불완전한 사람이 아님을 확신할 근거는 정작 어디에 있나요? 어차피 사람들은 자신이 직접 보고 느끼는 것들에 대해서만 현실이라고 믿을 텐데 말입니다.

앞이 보이지 않는 사람에게는 세상이 온통 까맣게 보일

테지만, 그렇다고 해서 세상이 실제로 캄캄하다고 말할 순 없을 겁니다. 마찬가지로 어린 아이, 청년, 죽음을 앞둔 노인들이 바라보는 현실도 각자 다르겠지요. 이처럼 나와 다른 방식으로 현실을 보는 사람들도 분명히 존재하기에 내 눈에는 현실이 이런 식으로 보인다고 해서 그것을 현실이라고 단정 짓는 것은 위험합니다. 누가 보는 현실이 '진짜 현실'이라고 말하기도 힘들겠지요.

따라서 우리는 주위 사람들이 함부로 내뱉는 '현실적이다' 또는 '비현실적이다'라는 말에 크게 휘둘릴 필요가 없습니다. 그런 말은 언제나 상대적인 것이며 개인의 불완전한 판단에 지나지 않으니까요. 누군가 비현실이라고 말하는 일도 다른 누군가에게는 실제로 일어나고 있는 일일 수 있습니다.

여러분은 그 누구도 감히 판단할 수 없는 현실을 어떻게 바라볼 건가요?

29

확실한 건 하나도 입증될 수 없다.
판단의 주체도, 판단의 대상도
끊임없는 변화와 동요 속에 있기 때문이다.

미셸 드 몽테뉴

오늘의 진실이 내일의 거짓이 될 수도 있기에

예전에는 분명 좋다고 생각했던 일들이 지금은 그다지 좋게 느껴지지 않을 때가 있을 겁니다. 그것은 여러분의 잘못이 아닙니다. 단지 여러분의 판단이 시간이 흐르고 상황이 바뀜에 따라 달라진 것뿐입니다.

우리가 옳다고 믿고 있는 건 대부분 현재의 불완전한 사고로 짐작한 것에 지나지 않습니다.

그러니 웬만하면 '절대'라는 단어는
사용하지 않는 편이 낫습니다.
무언가를 '영원히' 약속하는 일도
가급적 삼가는 것이 좋습니다.

지나치게 단단하면 오히려 부러지기 쉽듯,
그러한 신뢰가 깨졌을 때
자신에 대한 믿음만 더 약해질 수 있습니다.

차라리 지금 내가 진실하다고 믿는 것들도
내일이 되면 거짓처럼 보일 수 있다는
마음을 가져보는 건 어떨까요?

인간이
세상에서 받을 수 있는
가장 큰 선물은
자신이 하고 싶은 일에
도전할 수 있는 기회다.

크리스 가드너

도전이 두려울 때 든든한 힘이 되어줄 문장

누구든 새로운 도전 앞에서 긴장과 설렘을 느낄 겁니다. 어떤 일에 도전하기 두려워질 때면 아래 글을 찬찬히 읽어보세요. 내가 깊은 고민에 빠져 있던 시기에 스스로에게 했던 말입니다. 부디 여러분에게도 힘이 되었으면 합니다.

나는 완벽한 존재가 아니다.

비록 지금 내리는 결정이
기대했던 결과를 불러오지 못하더라도
그 경험은
인생의 소중한 밑거름이자
성장을 위한 초석으로 남을 것이다.

내가 숨을 쉬며 살아있는 한

인생은 어떻게든 흘러가기 마련이며

나는 어떠한 상황에서도

나만의 방식으로 행복을 찾을 준비가 되어 있다.

○

3장

마음에서 간절함을 발견할 수 있다면

31

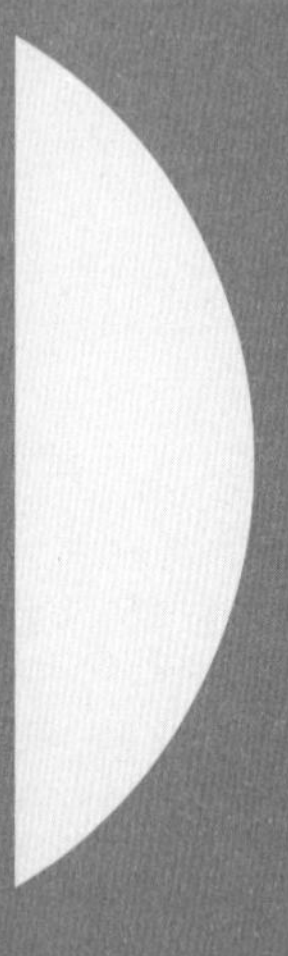

만일 감정의 원인이
현재 우리의 눈앞에 있다고 상상하면,
그 원인이 눈앞에 없다고 상상할 때보다
더 활발하거나 강력해질 것이다.

바뤼흐 스피노자

목표의 진정한 의미

진정한 목표란

눈을 감아도 마치 손에 닿을 것처럼

생생히 보여야 합니다.

자신의 가슴을 설레고 두근거리게

만들 수 있도록 말입니다.

32

욕구는
그 대상을 실제로 얻을 수 있을 정도로
자신이 강하다고 여길 때만
진정한 의미가 있다.

프리드리히 니체

해낼 수 있다는 굳건한 믿음

"제가 정말 그 일을 해낼 수 있을까요?"

누군가 나에게 이런 질문을 한 적이 있습니다. 대답하기 무척 곤란한 질문이었습니다. 그가 무슨 생각을 하는지, 그 일을 얼마나 간절히 원하는지, 세상을 어떤 식으로 바라보고 있는지를 알지 못하는데 어떻게 그의 질문에 함부로 대답할 수 있을까요.

자신이 어떤 일을 해낼 수 있을지 없을지는 다른 사람에게 묻기 전에 이미 스스로가 알고 있어야 합니다.

본인이 세운 목표를

진정으로 이루고 싶다면
'해낼 수 있다'는 믿음에
의심을 품지 마세요.

그것은 결코 자만이나
스스로에 대한 과대평가,
능력에 대한 무한한 신뢰가 아닙니다.

의지에 대한 다짐입니다.

만약 기술자가 '인간은 영원히 달에 도달할 수 없을 것'이라고 믿고 있었다면 절대로 진심을 다해 우주선을 만들지 않았을 겁니다.

33

사람들의 불행과 악은
그들이 자신의 의무를
모르는 데서 생기기보다는,
오히려 그들이 자신의 의무가 아닌 것을
의무로 인정하는 데서
생기는 경우가 많다.

레프 톨스토이

익숙해진 것을 좋아하는 것으로 봐도 될까

전자공학을 전공하기 전에는 그와 관련된 어떠한 정보도 알지 못했습니다. 유일하게 알고 있었던 건 '전자공학을 전공하면 취업에 유리하다'는 사실뿐이었지요.

생각지도 못했던 전자장, 회로이론, 반도체, 프로그래밍과 같은 분야에 대해 공부하면서부터 점차 그런 것들에 익숙해져가기 시작했지만, 그럼에도 여전히 전자공학에 관한 공부를 하고 싶은 마음이 들지 않아 선배들에게 고민 상담을 부탁하기도 했습니다. 그들도 처음에는 나와 비슷한 고민을 대부분 가지고 있었지만 이제는 현재 상황에 어느 정도 적응됐다고 말했습니다. 마지막으로 이 말을 덧붙이면서 말입니다.

"당장은 싫더라도 꾹 참고 하다 보면 할 만해질 거야."

그들의 말을 믿고 오로지 학업에만 전념했고, 전액 장학금을 받을 만큼 높은 성적도 받았습니다. 단 한 번도 스스로 원해본 적이 없던 분야였지만 열심히 노력하니 괜찮은 결과를 얻을 수 있었던 겁니다. 그러다 문득 이런 생각이 들었습니다.

'내가 진정으로 원하는 분야의 공부를 했다면 이보다 더 나은 결과를 낼 수 있지 않았을까?'

흔히 사람들은 "좋아함의 비극에 빠져선 안 된다"라고 말합니다. "무슨 일이든 꾹 참고 하다 보면 할 만해지고, 언젠간 좋아질 수도 있다"라는 이야기겠지요. 실제로 그 말을 경험해본 사람으로서 완전히 틀린 말은 아니라고 생각하지만, 다른 방향으로 해석하면 "어떤 일이든 익숙해지기만 하면 좋아질 수 있다"라는 말과 다름없지 않을까요?

그렇다면 과연 익숙해진 것과 좋아하는 것을
같다고 볼 수 있을까요?

무언가에 익숙해질 수만 있다면
우리가 좋아하지 못할 일은
이 세상에 얼마나 존재할까요?

좋아하지 않는 일에 익숙해지는 것은 어쩌면 내 안에 숨은 재능을 고려해보지도 않은 채 섣불리 자신의 한계를 그어버리는 행동일 수도 있습니다. 자신이 가진 잠재력 중 극히 일부만을 활용하며 살아가는 것이 과연 바람직한 선택이라고 볼 수 있을까요? 그러한 이유로 우리는 스스로를 어딘가에 끼워 맞추려고 노력하기 전에 그곳이 정말 자신이 있어야 할 곳인지부터 제대로 물어볼 필요가 있습니다.

이런 생각을 한 뒤로 나는 "자신의 일을 사랑하라"라는 말을 하는 것을 조심하기 시작했습니다. 그 말은 자신의 일을 아직 사랑하지 않는 사람에게만 쓸 수 있는 말이기 때문입니다. 어떤 일을 이미 사랑하고 있는 사람에게는 굳이 사랑하라고 명령할 필요도 없을 겁니다.

34

젊은 시절 해야 할 가장 중요한 일은
평생을 다해도 마르지 않는
샘물처럼 분출되는 자산을 가지는 것이다.
그것은 삶에 맞서는
최고의 무기를 손에 쥔 것과 같다.

요한 볼프강 폰 괴테

미래를 바꿀 수 있는 가장 확실한 방법

"매일 하루도 거르지 않고 스스로 선택한 한 가지 일만큼은 반드시 해라. 단, 그 일은 자신의 미래를 바꿀 수 있을 만큼 가치 있는 일이어야 한다."

브라이언 트레이시에게 배운 소중한 가르침입니다. 그는 오늘날 세계에서 손꼽히는 동기부여 강사이자 자기계발 훈련가입니다. 군복무 시절 우연히 PC실에서 본 유튜브 동영상을 통해 그를 처음 알게 된 후로 자주 듣고 다니던 작은 MP3에 그의 강연 음성을 넣어 자기 전과 이동 중에 자주 듣곤 했습니다.

그가 전해준 이야기 덕분에 나는 원하는 목표를 이루기

전까지 쉽사리 포기하지 않을 수 있었습니다. 다소 험난해 보이는 도전들도 과감히 용기 내어 시도할 수 있었고요. 인생을 살아가는 데 가장 필요한 자신감을 그에게서 얻은 셈입니다.

사실 정말 타고난 재능을 갖춘 사람이 아닌 이상 인생을 살아가면서 많은 일을 동시에 해내기는 힘들 수 있습니다. 그러나 그런 재능을 가지고 있지 않더라도 어떤 한 가지 일을 꾸준히 실천하는 일만큼은 누구나 할 수 있을 겁니다. 그 일을 오랫동안 지속하다 보면 언젠가 자신이 바라던 수준에 도달하게 될 거예요.

기왕이면 배우의 연기, 의사의 의술, 주방장의 요리 실력처럼 실행을 거듭할수록 가치가 이전보다 커지는 일을 택하는 것이 좋습니다. 자신의 미래를 바꾸는 일은 어제보다 발전하고 있는 자신을 만날 수 있을 때 이룰 수 있습니다.

다가올 내일이 기대되도록 만드는 일을 찾아 한번 실천해 보세요.

35

진심으로 자유로워지려는 자는
그가 인식하기에 가장 알맞은 상태를 지속하려 하고,
그 밖의 일에는
아무것도 열렬히 바라지 않는다.

프리드리히 니체

꿈과 목표를 구분할 것

"혹시 꿈이 있나요? 있다면 그 꿈은 무엇인가요?"

이 질문에 우리는 아무런 의심 없이 특정 직업을 갖거나 대학에 입학하는 것과 같은 종류의 대답을 해왔을 겁니다. '꿈'을 주로 '목표'의 의미로 사용하니까요.

하지만 꿈과 목표를 동일시하는 건 그다지 바람직하지 않다고 생각합니다. 꿈이 목표가 되면 오직 한 가지 목표만을 바라보고 쉼 없이 달려오다가 그 꿈을 실제로 이루는 순간 더 이상 나아가야 할 방향을 알지 못해 방황할 수도 있고, 심하면 살아갈 원동력까지 잃어버리게 되는 상황을 겪게 될 테니까요.

이제부터라도 꿈을 목표와 구분해서 생각해보는 건 어떨까요? 단순히 어떤 직업을 갖거나 목표를 이루는 것과 같이 일시적인 것이 아니라 스스로 생각하기에 가장 알맞은 상태나 이상적인 상황처럼 지속적인 것으로 말이지요. 이를테면 '내일 당장 죽더라도 삶에 대한 어떠한 미련이나 후회도 없을 만큼 스스로 만족할 수 있는 상태', '죽음에 이르렀을 때 그동안 살아온 삶을 다시 한 번 살아가고 싶다는 마음이 드는 상태'처럼 말입니다. 그런 관점에서 우리가 꿈이라 여기고 있는 수많은 목표들은 사실 꿈을 이루기 위해 거쳐야 할 단계에 지나지 않는다고 볼 수 있지 않을까요?

단기적인 목표를 이룸으로써 얻는 행복과 만족은 오랫동안 지속되지 않고 금방 사라지고 맙니다. 진정한 의미에서 '꿈을 이룬 사람'은 더 이상 무언가를 바라지 않고 현재의 상태에서 머무는 것만으로도 충분히 만족할 수 있는 상태여야 할 겁니다.

"꿈이 없다"라는 말은 "자신이 바라는 삶의 형태가 없다"라는 말일 수도 있습니다. 이런 상황은 흡사 어디로 가야 할지 모르고 방향키마저 놓아버린 채 망망대해를 떠도는 배의 모습과 비슷할 듯합니다.

꿈이 있는 사람과 꿈이 없는 사람, 둘 중 누가 삶을 더 의미 있고 풍요롭게 만들지 곰곰이 생각해보길 바랍니다.

36

자신이 즐거웠던 시간을 상기하는 사람은
그가 즐겼던 때와 같은 조건 아래서
그것을 누리기 위해서 또다시 노력한다.

바뤼흐 스피노자

현재를 즐겨라?

그동안 즐거웠다고 여기는 순간을 떠올리면서 한 가지 깨달은 점이 있습니다. "즐겁지 않은 상황을 즐기는 일은 어렵다 못해 거의 불가능에 가깝다"라는 것을요.

그래서 "현재를 즐겨라"라는 사람들의 말을 이제 따르지 않기로 했습니다.

즐겁지 않은 상황을 즐겁다고 스스로를 세뇌할 바에는, 나를 정말 즐겁게 만들어줄 수 있는 상황 속으로 직접 몸을 던지는 편이 보다 확실한 방법이라고 생각했기 때문입니다.

삶이 지루하고 무기력해지면 주위 환경을 한번 바꿔보세

요. 휑한 정원을 보며 아름다운 꽃이 있다고 상상하지 말고, 자기가 좋아하는 꽃들을 직접 심고 가꿔나감으로써 정원에서 화사한 분위기가 자연히 풍기도록 만들어보는 겁니다.

자신을 즐겁게 만들 수 있는 곳이라면
그곳이 어디든 직접 찾아가 보길 바랍니다.

37

무언가를 이루려고 한다면
우선 무언가가 되어야 한다.

요한 볼프강 폰 괴테

내 가치를 아무도 몰라준다는 생각이 들 때

"무명시절의 기간과 전성기의 기간은 비례한다."

김미경 강사가 한 영상에서 말한 이 말에 크게 공감했습니다.

"이른 성공이 가장 무섭다"라는 말이 있지요. 이는 자만에 빠지기 가장 쉬운 시기인 만큼 결핍을 느끼지 못할 확률도 높을 뿐더러, 자신에 대한 주위 사람들의 기대가 높아진 상태에서 그 기대에 부응할 만한 능력을 갖추고 있지 않다면 사람들에게 더 큰 실망감을 안겨줄 수 있다는 위험 부담도 있다는 의미일 겁니다.

그러므로 누군가가 내 가치를 지금 당장 알아봐주지 않는다고 해서 너무 실망하거나 좌절하지 않아도 됩니다. 오히려 이때를 '실력을 쌓을 수 있는 가장 좋은 시기'라고 생각해보세요. 자만은 감히 할 수도 없고, 자신의 역량을 묵묵히 갈고닦는 일 말고는 할 수 있는 일이 거의 없는 시기일 테니까요.

다시 말해, 물이 들어오기 전에 이미 노 저을 준비를 마쳐야 합니다. 기회가 오지 않음을 탓하기 전에 그러한 기회들이 실제로 찾아왔을 때 자신이 그 기회를 붙잡을 준비가 되어 있는지부터 물어보세요.

38

지금까지 자신이
진실로 사랑했던 건 무엇인가?
내 영혼을 높이 들어 올린 건 무엇인가?
무엇이 내 마음을 채우고
기쁘게 하고 넋이 나가게 했는가?
이 물음에 답할 때
자신의 본질이 분명해진다.
그것이 바로 여러분 자신이다.

아르투어 쇼펜하우어

나를 위한 기쁨은 어디에 있을까

우리는 보통 불완전한 상태에서 좀 더 완전한 상태로 넘어갈 때 기쁨을 느낍니다. 배가 부른 상태에서 눈앞에 놓인 진수성찬보다 굶주린 상태에서 먹는 작은 빵 한 조각이 우리에게 더 큰 기쁨을 가져다주는 것도 바로 그러한 이유 때문입니다. 이때 우리가 알 수 있는 건 욕구가 없는 상태에서는 어떤 성과를 달성해도 제대로 된 기쁨을 누리기가 어렵다는 점입니다. 프랑스 작가 볼테르는 이렇게 말했습니다.

"진정한 욕구가 없다면 진정한 향유도 없다."

우리가 살아가는 동안 기쁨을 온전하게 누리기 위해서는 마음속으로 간절히 원하고 있는 것에 집중해야 합니다. 그러기 위해선 외부의 간섭과 방해에 가려진 자신의 주체적 욕망을 파헤쳐봐야겠지요. 만약 그 과정을 건너뛴다면 타인의 욕구를 마치 자신의 것인 마냥 착각한 채로 살아가게 될지도 모릅니다.

자신이 진정으로 원하는 것,
그곳에 바로 '나를 위한 기쁨'이 들어 있습니다.
◦

39

공부를 한다는 건
자기 자신이 가려는 방향으로
몰고 가는 싸움이다.

율곡 이이

마음이 시키는 공부

우리는 왜 공부를 하는 걸까요? 아마도 '더 나은 삶을 살아가기 위해서'가 아닐까요? 하지만 공부를 함으로써 오히려 삶의 수준이 낮아지거나 이전보다 더욱 불행해지고 있다면, 공부의 목적을 제대로 파악하지 못한 걸 수도 있습니다.

나는 공부란 '내가 원하는 삶의 형태를 기획하고 그것을 현실에서 구현할 수 있는 역량을 쌓는 훈련'이라고 생각합니다. 자신이 가려는 방향에 보탬이 되는 것이라면 그 어떤 것도 공부가 될 수 있습니다. 배우에게는 연기를 연습하는 일이, 작가에게는 다양한 경험을 쌓고 세상을 탐구하는 일이 그러하겠지요. 무엇보다 자기 인생을 스스로 책임지기 위해 택한 주체적 행동인 만큼 자신의 행복과도 직결돼 있어야 합니다.

나아가려는 방향이 있는 한 공부를 멈추지 마세요. 공부를 그만둔다는 건 더 나은 상태가 되기를 포기하겠다는 것이나 다름없으니까요. 특히 누군가 시켜서 억지로 하는 행위는 공부라기보다는 부여받은 명령을 수행하는 노동에 가깝습니다. 만약 "공부는 평생 해야 한다"라는 말에 거부감부터 든다면 자신이 생각하고 있는 공부가 무엇인지 다시 한 번 확인해보세요.

부디 다른 누군가가 아닌 자신의 마음이 시키는 공부를 하길 바랍니다.

40

진실하면 쉼이 없으니 오래갈 수 있고,
오래가면 멀리까지 미칠 수 있고,
멀리까지 미치면 넓고 두터워진다.
진실하면 나타나게 되고,
나타나면 드러나게 되며,
드러나면 밝아지기 시작한다.

주희

타고난 재능과 운을 뛰어넘을 수 있는 요소

타고난 재능과 운.

이 모든 것을 뛰어넘을 수 있는 요소가 있습니다.

바로 '끈기'입니다.

하지만 그러한 끈기는

진정성을 기반으로 둔 상태여야

비로소 오랫동안 유지될 수 있습니다.

자신이 무언가를 오래하고 싶다면

진심을 담을 수 있는 일을 찾아보세요.

41

사소한 불편함과 괴로움을
떨쳐버리려고 애쓰는 사이,
애초의 삶의 목적이나 관심사가 바뀌어선 안 된다.
그가 처음 실현하려고 했던 일의
방향성을 잃어버리고,
눈앞에 닥친 불편함을 처리하는 것이
목적이 되어선 안 된다.

랄프 왈도 에머슨

왜 싫어하는 일도 해봐야 할까

인생을 멀리서 보면 자신이 싫어하는 일을 억지로 해야 했던 상황이 그다지 나쁜 것만은 아닌 듯합니다. 이미 한차례 지나간 불행은 현재 자신이 누리고 있는 행복을 더욱 달콤하게 느끼게 만들어주기도 하니까요.

싫어하는 일을 해보는 경험은 인생에서 이로운 경험이 되기도 합니다. 나 또한 원치 않는 일을 강제로 해야 했던 순간들이 모여 귀중한 심리적 자산이 되었습니다. 우울증에 시달릴 만큼 강하게 느꼈던 고통들을 몸 안에 그대로 저장해놓은 덕에 하고 싶지 않은 일을 반복하는 내 모습을 상상만 해도 끔찍한 고통을 겪었고, 그 감정을 되풀이하지 않기 위해 그곳으로부터 도망치고자 노력할 수 있었습니다. 그뿐만 아니라 나와 어울리지 않는 일을 했던 경험들이 나로 하여금 글 쓰는 일에 더욱 몰입할 수 있도록 도와줬습니다. 내가 원하는 일을 주체적으로 한다는 사실이 얼마나 감사한 일인지를 절실히 깨닫게 해줬기 때문이지요.

혹시 지금 원치 않는 일을 억지로 하고 있다면 스스로 '배고픈 상태에 놓여 있다'고 생각해보세요. 그리고 그 굶주림을 쉽게 잊어버리지 마세요. 훗날 진정으로 바라던 음식을 먹었을 때 맛을 더욱 제대로 느낄 수 있도록 말입니다.

42

지혜 없는 용기는 무모하고,
용기 없는 지혜는 무력하다.

발타자르 그라시안

어리석은 불나방이 되지 않기 위해

충분한 시간을 가지고 사색하고 고민한 뒤,

머릿속에서 선명해지는 순간이 오면 막힘없이 행동하세요.

그때는 일체의 망설임이나 주춤거림도 있어선 안 됩니다.

즉, 우리는 나비처럼 날아서 벌처럼 쏴야 합니다.

만일 이때 자신이 나비처럼 날아다니는 과정을 생략한다면

신중히 목표물을 조준하는 벌이 아니라

본능적으로 불꽃을 향해 뛰어드는

어리석은 불나방이 될지도 모릅니다.

43

우리는
자신이 생각하는 대로 살아야 한다.
그렇지 않으면
머지않아 사는 대로 생각하게 될 것이다.

폴 부르제

'아무나'가 되고 싶지 않다면

"'어떤 사람이 되겠다'라고 생각하는 것은 좋지 않다"라고 말하는 누군가에게 이렇게 물어보고 싶습니다.

"어떤 사람이 되겠다는 다짐을 마음속에 품고 살아가지 않는다면, 매순간 어떤 기준으로 자신의 행동을 정할 건가요?"

외부의 시선을 맞추기 위해 '어떠한 사람이 되어야 한다'고 노력할 필요는 없지만, 적어도 나 스스로 '어떤 사람이 되겠다'는 확고한 다짐은 필요합니다.

그러한 생각 없이 계속 살아간다면 말 그대로 '아무나'가 될지도 모릅니다.

자신이 전혀 예상치 못했거나 단 한 번도 원했던 적 없는 그런 사람 말입니다.

44

자신 또는 자신 속의
고정된 생활의 흐름을 바꾸려면,
생활 그 자체와 싸우는 것이 아니라
그 생활을 낳고 있는 사상과
싸우지 않으면 안 된다.

레프 톨스토이

내가 만든 습관이 나를 이끈다

자신이 원하는 바를 이루기 위한
습관을 가지는 데만
온정신을 기울이세요.

그러면 그 습관이
여러분이 가고자 하는 곳까지
천천히 데려다줄 겁니다.

45

우리를 절망에 빠뜨리는 건
불가능이 아니라
우리가 깨닫지 못했던 가능성이다.

프랑수아 드 라 로슈푸코

시간의 주인이 되기 위해선

여러분은 혹시 주변에서 이런 사람들을 본 적 있나요?

딸이 성폭행을 당하자 가족을 지키기 위해 형사가 되기로 결심한 남자.

부당한 처벌을 받고 잘못된 사례를 바로잡기 위해 변호사 시험을 준비하는 사람.

어릴 적 자신의 희귀병을 고쳐준 의사에게 고마움을 느끼고 의사가 되기로 다짐한 아이.

마라톤 완주가 꿈이었던 아버지를 대신해서 출전한 마라토너.

우리는 이런 사람들을 보면 그들이 실제로 해낼 수 있을 것이라고 생각합니다. 도대체 무엇 때문일까요?

그 이유는 바로 그들이 보내는 시간은 다른 사람들이 보내는 시간과 질적으로 차원이 다를 것이라고 믿기 때문입니다.

《손자병법》에서 손무는 이런 말을 한 적이 있습니다.

"대의명분이 명확해지면 전쟁은 반 이상 이긴 것이나 다름없다."

이와 같이 '왜'라는 질문에 확실히 대답하는 순간부터 앞으로 마주할 시간은 질적으로 완전히 달라집니다. 특정한 목적을 지니고 스스로 의미를 부여한 나만의 시간이 되어버리기 때문입니다.

다시 말해 내가 곧 시간의 주인이 되는 겁니다.

그 순간부터 자신이 맞이할
하루의 가치도 이전보다 몇 배로 커지게 됩니다.

여러분의 시간은

자기 스스로가 의미를 부여한 '나만의 시간'인가요,

아니면 다른 누군가가 의미를 부여해준 시간인가요?

시간의 질적 가치는

여러분이 정의한 '왜'라는 명분에 따라 결정됩니다.

46

사회경제적 구조는
그 구성원들이 해야 하는 일을
하고 싶게끔 만든다.

에리히 프롬

머릿속에 자기만의 비전을 그려놓을 것

'나는 무엇을 위해 살고 있을까?'

'나는 어떤 사람이 되고 싶을까?'

'내가 진정으로 하고 싶은 일은 뭘까?'

여러분은 이러한 질문들에 대답할 수 있나요?

자신의 비전을 스스로 그리지 않으면,

누군가가 원치 않는 비전을

여러분의 머릿속에 그려 넣거나

여러분을 이용하려 들지도 모릅니다.

47

내 안에 꿈틀거리는 본능적인 충동을
밝은 세계에서는 드러내지 않도록
숨길 만한 곳이 필요하다는 것을
아는 나이가 되었다.

헤르만 헤세

내 꿈을 지키는 방법

아직 스스로 꿈을 이룰 준비가 되어 있지 않다면 다른 사람 눈에는 그 꿈을 이루지 못할 것처럼 보이는 것이 당연할 겁니다. 지금 모습 그대로만 보자면 그것이 사실이니까요. 그런 상황에서 자신의 포부를 주위에 섣불리 알렸다간 자칫 꿈이 무너질 수도 있습니다. 그러니 자신의 꿈을 너무 일찍 밝히기보다는 흔들리지 않을 만큼 단단해졌을 때 결과로 보여주는 편이 더 나을지도 모릅니다. 대부분의 사람들이 추상적인 말은 잘 믿지 않아도 구체적인 결과물은 비교적 잘 믿으니까요.

혹시 음악을 하고 싶나요? 그렇다면 아무런 준비가 되지 않은 상태에서 무작정 음악을 하겠다고 부모에게 선언하기보다는, 몰래 곡 작업을 해놓은 다음 완성된 곡을 들려주세요. 이미 훌륭한 곡을 수차례 만들어낸 자녀의 꿈을 막을 부모는 거의 없을 테니까요.

자신과 가치관이 다른 누군가를 설득하는 일만큼 커다란 정신적 에너지를 요구하는 일도 없을 겁니다. 설사 그들과 논쟁에서 이긴다고 해도 꿈을 향해 나아갈 추진력을 다시 회복하기 어려울 수 있어요. 무언가를 해내기로 진정으로 마음먹었다면 주위 사람들을 굳이 설득할 필요도 없을 뿐더러, 설득하지 못한다고 해서 달라질 것도 없습니다.

알다시피 꿈을 이뤄낸다는 건 자신이 가진 모든 것을 쏟아 부어도 해내지 못할 만큼 어려운 일입니다. 그러니 소중한 에너지와 주의력이 불필요하게 소모되는 것을 최대한 막고, 그것들을 한곳으로 모아 자신이 하고자 하는 일에 쏟는 것이 좋습니다.

물론 주변에 자신의 꿈을 알리는 것이 낫다고 말하는 사람들도 있겠지요. 꿈을 밝힘으로써 누군가에게 구체적인 도움을 받을 수도 있을 테니까요. 혹시 모를 가족이나 주위 사람들의 무시와 경멸을 모두 이겨낼 수 있을 만큼 강인한 정신력을 가지고 있다면 자신의 포부를 당당히 밝혀도 상관없습니다. 하지만 남들의 시선을 의식하는 것이 자신의 일에 집중하는 데 방해가 된다면 주위에 알리지 않고 조용히 이뤄나가길 바랍니다. 실패가 크게 두렵지 않게 되는 건 물론이고, 타인의 시선으로부터도 이전보다 훨씬 자유로워질 거예요.

거듭 강조하지만
자신이 가고자 하는 방향에 대해서
누군가의 허락을 반드시 받을 필요는 없습니다.

꿈을 이룰지 말지에 대한 결정은
온전히 자기 자신에게 달려 있습니다.
○

48

이 세상 모든 건 얻었을 때보다,
좇을 때가 더 좋은 법.

윌리엄 셰익스피어

목표를 이루고도 허망한 느낌이 든다면

인생을 되돌아보면 나를 위해서 했다고 생각했던 행동들이 어쩐지 나를 위한 행동이 아니었던 것처럼 느껴질 때가 있을 겁니다. 수단에 대해서 너무 많은 신경을 쏟느라 이루고자 하는 목적을 제대로 챙기지 못한 까닭에 그렇습니다.

이처럼 정신없이 살다 보면 정작 중요한 것을 잊고 살 때가 이따금 생기곤 합니다.

미래에 있을 기쁨과 안정을 위해 현재의 시간을 모두 희생하다가 정작 자신이 행복을 누릴 수 있는 시간이 미래에 거의 남아 있지 않게 된다면, 우리는 그동안 무엇을, 그리고 누구를 위해 그토록 애써온 걸까요?

높은 학벌, 좋은 직장, 고급 자동차…. 이런 것들은 모두 일시적인 목표에 지나지 않습니다. 아무리 바라던 목표를 달성해도 그와 비슷한 수준의 행복을 계속해서 유지하기란 어렵습니다. 사람은 늘 새로운 자극을 원하기 마련이고, 성취로부터 얻는 만족에는 금세 익숙해지기 때문입니다. 성과에만 오로지 집착하다 보면 그 목표를 이뤄냈을 때 누릴 수 있는 잠깐의 기쁨이 사라지는 순간 더 큰 허무감에 빠지게 될지도 모릅니다.

자신이 세운 목표를 향해 나아가는 건 참 멋진 일이지만, 그러는 와중에도 다음 한 가지 중요한 사실만큼은 꼭 잊지 말아야 합니다.

지금 흘러가는 이 순간들도
자신이 좇는 그 목표만큼이나
소중하다는 사실을요.

현명한 사람은 자신의 노력에 대한 보상에도 크게 동요하지 않을 겁니다. 그들은 이미 이전부터 그러한 기쁨을 쭉 누려왔고, 대가를 받는다는 건 새로운 종류의 기쁨이 살포시 더해진 것에 불과할 테니까요.

4장

타인을 통해 얻는 귀중한 깨달음

49

무엇이든 다 안다고 생각하면서
정작 중요한 것을 놓치기보다는
불완전함을 인정하고, 더 알아내려고 하는 것이
더욱 합리적이지 않는가?

프랜시스 베이컨

성장을 위해 필요한 마음가짐

누구에게나 자신의 삶을 살아가는 것이 중요하겠지만,
다른 누군가의 의견도 듣지 않고
혼자 나아가겠다는 다짐은 재고해보길 바랍니다.

타인의 생각을 들어본다고 해서 자신이 선택할 수 있는 권한이 빼앗기는 건 아니며, 결정은 언제나 자신의 몫입니다. 이때 '네가 뭘 알아?'라는 식의 태도를 유지한다면 미처 알지 못했던 부분에 대해서 배울 수 있는 기회를 잃어버리고 말 것이기 때문에 결국 자기 손해입니다.

'해낼 수 있다'는 믿음에 의심을 품는 건 목표를 이루는데 부정적인 요소이지만, 자신이 따르는 방식이 최선이 아닐

수 있다는 의심을 품는 건 유리한 자세가 될 수 있습니다. 자기만의 방식이 옳다는 확신이 지나치면 잘못된 방향으로 계속 나아갈 수도 있으니까요.

진정으로 성장하고 싶다면 자존심은 잠시 내려놓길 바랍니다. 무언가를 배우는 데 가장 중요한 자세는 이 세상 존재하는 모든 사물이 각자 자신만의 특성을 가지고 있다는 사실을 인정하는 겁니다. 개미와 잔디에도 배울 점은 존재합니다. 그런 숨겨진 보석을 발견할 수 있는 눈이 자신에게 있다면 '배움의 축복'을 받았다고 해도 과언이 아닐 겁니다.

50

우리는
타인을 바라볼 때는
그의 행동으로만 판단하는
행동심리학자가 되지만,
스스로 돌아볼 때는
겉으로 드러난 행동보다는
자신의 속마음을 중시하는
모순을 보인다.

미하이 칙센트미하이

인간관계에서 상처를 덜 받는 방법

우리가 누군가에게 실망하거나 분노하는 대부분의 이유는 자신이 옳다고 여기는 규칙을 상대방이 따르지 않았기 때문일 겁니다. 하지만 이것은 자신이 느끼는 감정을 통해 상대에게 받았던 상처를 정당화한 것일 뿐이며, 스스로 정한 그 규칙 자체가 정당한지에 대해서는 거의 의심하지 않았을 겁니다.

인간관계에서 상처를 덜 받고 싶다면 아래 사항들을 꼭 기억해두세요.

첫째, 상대방이 어떤 행동을 '당연히' 해줄 것이라고 기대하지 마세요. 여기에는 '메시지 답장'과 같은 사소한 행동들도 포함됩니다.

둘째, 부탁이나 제안을 상대방이 '무조건' 응해줄 것이라고 생각하지 마세요. 선택은 그 사람의 몫이기에 자신이 함부로 결정할 순 없습니다. 또한 상대가 결정할 일을 당사자인 그보다 자신이 더 잘 알고 있다고 착각해서도 안 됩니다.

셋째, 누군가가 도움을 요청하면 보상을 바라지 말고 기쁜 마음으로 도와주세요. 상대방이 보답해주지 않아 자신이 실망할 것 같다거나, 도울 수 있는 범위 밖의 일이라는 생각이 든다면 과감히 거절하는 편이 좋습니다. 상대방에게 기껏 도움을 주고도 사이가 틀어질 수 있으니까요.

다른 사람들과
원만한 관계를 유지하며 살아가기 위해서는
자신이 당연하다고 여기던 많은 것들이
실은 당연하지 않을 수도 있음을 알아야 합니다.
○

51

우리 자신의 체험을
타인의 체험을 대하듯 바라보는 것,
이것은 우리의 마음을
매우 편안하게 한다.
그것은 권장할 만한 하나의 약이다. (……)
우리는 어떤 사건의
가치와 의미에 대해
그것이 우리가 아니라
다른 사람에게 일어날 때
더 객관적으로 판단하기 때문이다.

프리드리히 니체

외부의 시선에서 나를 바라보기

낯선 사람과 깊은 대화를 주고받기 힘들다는 사람이 많겠지만, 나는 오히려 처음 보는 사람과 진솔한 대화를 나누는 것이 더 쉽습니다. 상대방이 다른 나라를 여행하다 우연히 만난 사람인 데다 앞으로 다시 볼 가능성이 극히 낮은 사람이라면 더더욱 그렇습니다.

한창 혼자 여행을 다니던 시기에 브뤼셀의 한 술집에서 '토마스'라는 만화가를 만난 적이 있습니다. 약간 소심한 성격이었던 그는 동양에서 온 한 남성이 홀로 벨기에에 있는 술집에 들어온 데다 자신에게 말까지 건네니 적잖이 놀란 듯 보였습니다. 이전부터 다른 지역이나 나라로 여행을 가면 아무 술집에나 들어가 모르는 사람 옆에 앉아 말을 걸곤

했던 나는 그런 상황이 그렇게 특이하다고 생각하지 못했던 지라, 오히려 토마스의 반응이 신선하고 신기하게 느껴졌습니다.

그가 놀랐던 이유를 이해해보고자 머릿속으로 그와 비슷한 상황을 한번 그려봤습니다. '벨기에에서 온 한 남성이 한국의 어느 술집에 혼자 들어와 맥주를 마시고 있는 나에게 갑자기 말을 걸어온다면 어떨까' 하고 말이지요. 그제야 토마스가 왜 놀랐는지 이해가 되었습니다.

그때 나는 타인의 시선으로 나를 바라본다면 미처 인지하지 못한 나의 새로운 모습을 발견할 수도 있겠다는 생각을 했습니다. 그 후로 내 이면의 모습을 파악하기 위해 종종 나를 소설의 한 인물로 묘사해보곤 했습니다. 가령 "한 남성이 바쁜 일정을 마치고 집에 들어와 소파에 기대 누웠다. 휴대폰에서 나오는 동영상을 아무 생각 없이 바라보기 시작했다"처럼 말입니다. 떠오르는 대로 단어나 문장을 나열해보면서 나에 대한 다른 생각들을 건져내보는 것이지요.

자신에 대해 좀 더 자세히 알고 싶다면 '나'를 영화나 소설 속의 한 인물이라고 가정하고 그동안 살아온 인생을 글로 한번 써보세요. 3인칭 관찰자 시점으로 서술하든 전지적 작가 시점으로 서술하든 상관없습니다. 그저 나와 분리된 상태에서 나의 모습을 지켜보는 것만으로 충분합니다.

타인의 시선에서 나를 바라보면 그 상황에서 내가 느꼈던 감정이나 했던 생각들과 다소 차이가 있음을 알게 됩니다. 이러한 시도들을 통해 우리는 이전보다 객관적인 관점에서 스스로를 평가하고 비교적 감정에 덜 치우친 판단을 내릴 수 있을 겁니다.

52

자기 자신이 올바르면
백성들은 명령 없이도 자발적으로 행하지만,
자신이 올바르지 않으면
아무리 명령해도 백성들은 따르지 않는다.

공자

모든 사람의 말을 다 들어줄 순 없다

여러분에게
어떤 길을 가야 한다고
강요하는 사람이 있다면
먼저 그가 살아가고 있는 모습을
찬찬히 살펴보세요.

만약 여러분이 바라는 삶의 모습과
거리가 먼 삶을 살아가는 사람이
여러분을 가로막는다면
여러분은 이미 잘하고 있다는 의미일 수도 있으니
너무 귀 기울여 듣지 않아도 됩니다.

내가 닮고 싶지 않은 사람의 말을

계속해서 듣다 보면

어느새 그들과 비슷한 삶을

살아가게 될지도 모릅니다.

오히려 그들의 말을 따르지 않아야

그들처럼 되지 않을 수 있습니다.

가능하다면 자신이 닮고 싶은

사람의 말을 위주로 새겨듣는 것이 좋습니다.

어떤 말에 얼마만큼 신경 쓸 건지

가늠해볼 줄 아는 것도

지혜의 일부임을 명심하세요.

◦

53

사람들은
완전히 잘못됐다고 비난받을까 봐
두려워서 내놓지 못하는
자신의 의견들이
다른 곳에서는 평범한 상식으로
받아들여지고 있다는
생각은 하지 못한다.
세상사에 대해서 무지하다면
불필요한 불행을
수도 없이 감수해야만 한다.

버트런드 러셀

우리의 질문은 곧 하나의 문화가 된다

나는 세계 각국에서 온 다양한 사람들을 만나면서, 그들이 자라오면서 주위로부터 들어온 질문들이 모두 다르다는 사실을 알게 되었습니다.

예를 들어 우리는 "오늘 학원 갔어?", "어느 대학 나왔어?", "회사 어디 다녀?"와 같은 질문들을 수없이 들어왔을 겁니다. 이와 같이 우리가 주로 하는 질문에는 이미 정답이 정해져 있는 것처럼 느껴질 때가 많아 상대가 원하는 답이 아닌 다른 대답을 하려고 하면 괜히 알 수 없는 죄책감에 시달리곤 합니다. 마치 선생이 옆에서 답을 알려줬는데도 다른 선택지를 고른 학생처럼 말입니다. 그래서인지는 몰라도 우리 모두가 한 방향으로만 달려나가고 있는 듯한 느낌을 가끔

씩 받습니다.

반면 유럽에서는 우리가 흔히 듣는 그런 질문들을 좀처럼 듣기 힘들었습니다. 내가 다니고 있는 회사 이름이나 나이를 묻는 대신 그들은 "이번 주말에는 뭐할 거야?", "평소에 주로 뭐하면서 시간 보내?", "오늘 낮에 공원에서 산책하지 않을래?"와 같은 일상적인 질문을 주로 했습니다. 이처럼 그들의 질문에는 상대방의 가치를 판단할 수 있는 요소가 거의 들어 있지 않았는데, 그 이유는 아마도 서로의 모습을 비교하지 않고 그저 함께 살아가는 데 중점을 두고 있기 때문이 아닐까 생각합니다.

이러한 모습들을 비교하고 관찰하면서, 한 공동체의 구성원들이 서로에게 묻는 질문에 따라 그들이 추구하는 가치관이 달라지고, 어떤 가치를 추구하는지에 따라 새로운 문화가 창조된다는 사실을 깨달았습니다. 그런 점에서 나는 사람들이 주고받는 질문을 '문화의 씨앗'이라고 부르고 싶습니다.

앞으로는 누군가에게 어떤 질문을 할 때
그 질문이 내가 속해 있는 문화에
영향을 끼칠 수 있음을 알아주세요.

내가 무심코 던진 질문이
언젠가는 나와 내 가족에게
부메랑처럼 되돌아올 수도 있습니다.

54

모든 것을 도둑맞은 산티아고는 깨달았다.
세상은 도둑에게 가진 것을 몽땅 털린
불행한 피해자의 눈으로 볼 수도,
보물을 찾아 나선 모험가의 눈으로
볼 수도 있다는 사실을.

파울로 코엘료

무언가를 해내는 사람들의 특징

목표를 이룬 수많은 사람들의 일생을 살펴보면서 한 가지 공통점을 발견했습니다. 그것은 바로 그들은 아무리 힘든 상황에서도 숨겨진 교훈을 찾아내기 위해 끊임없이 노력했다는 점입니다.

그들 중에는 수억 원의 빚으로 인해 사채업자에게 쫓기던 사람도 있었고, 심지어 머물 곳이 없어 허름한 차에서 수년간 숙식을 해결해야 했던 사람도 있었습니다. 하지만 그들은 모두 그러한 고비를 이겨내고 다시 일어섰지요. 그리고 이렇게 말했습니다.

"저에게 만약 그런 시련이 오지 않았더라면 지금의 저도 없었을 겁니다."

그들의 모습을 보면서 들었던 생각은 '고통 그 자체가 문제의 핵심은 아니다'라는 것이었습니다. 중요한 건 '자신이 처한 상황을 어떻게 바라보고 있는지'였지요.

그렇다면 우리에게 진정으로 필요한 것은 '갖가지 시련에 부딪히더라도 그 안에 숨어 있는 교훈을 찾아내는 훈련'이 아닐까요? 어떤 일을 해낼 수 있을지 없을지는 피할 수 없는 위기 속에서도 기회를 발견할 수 있는지의 여부에 달려 있으니 말입니다.

55

천재도 주춧돌을 놓고
그것을 세우는 일에 익숙해지면
꾸준히 소재를 구하고
그것을 쉴 새 없이 여러 가지 형태로
만들어보는 일,
그 이상의 일은
아무것도 하지 않는다.

프리드리히 니체

천재는 과연 존재할까

아직까지 살면서 천재를 직접 만나본 적은 없지만, '천재처럼 보이는 사람'은 수없이 만나봤습니다.

고등학교 시절 공부를 무척 잘하던 친구가 있었습니다. 조금 잘하는 수준이 아니라 전국 수석을 한 적이 있을 정도였지요. 그렇지만 그는 사실 학교에서 공부를 그렇게 많이 하는 편은 아니었습니다. 시험기간에도 독서실에서 만화책을 읽거나 PC방에 가서 게임을 하곤 했습니다. 공부를 열심히 하던 다른 학생들은 그의 그런 모습에 좌절감을 느꼈고, '공부는 역시 머리가 좋아야 한다'는 고정관념을 다시금 상기하곤 했습니다.

처음에는 나도 그가 단순히 천재인 줄만 알았습니다. 하지만 그러한 편견은 그의 집에 들어서자마자 처참히 무너졌습니다. 알고 보니 그는 어린 시절부터 책을 하루도 빠지지 않고 읽으면서 지식을 받아들일 수 있는 그릇의 크기를 키워왔던 겁니다.

작은 그릇에는 물을 조금만 넣어도 넘치지만 큰 그릇에는 그보다 훨씬 많은 양의 물을 넣을 수 있듯, 매일 다양한 책을 읽으며 독해력을 키워온 덕분에 그는 머리에 담을 수 있는 지식의 양이 보통 학생들과 차원이 달랐습니다. 제대로 마음먹고 한 시간 동안 공부에 집중하면 그 양은 평범한 사람들이 다섯 시간 동안 공부해서 얻은 양보다도 많았지요. 그러니 다른 학생들이 아무리 노력해도 그를 따라갈 수 없었던 겁니다.

이를 통해 한 가지 깨달음을 얻을 수 있었습니다. 그가 천재인 것이 아니라 내가 그의 숨은 노력을 보지 못했던 것뿐이라는 사실을요.

나는 중학교 내내 놀다가 고등학교에 들어가고 나서야 비로소 책상에 앉아 공부를 하기 시작했는데, 그러면서도 내가 노력한 것 이상의 결과가 나오길 기대했습니다. 다시 말해 나는 그동안 한 번도 돌을 쌓아본 적이 없던 사람이었고, 그는 하루로 빠짐없이 돌을 쌓아올리고 있던 사람이었습니다. 그런 내 눈에 그의 탑이 높아 보였던 건 어찌 보면 당연한 일이었겠지요.

대부분의 사람들이 그러하듯 우리는 자신이 잠깐 동안 열심히 했던 노력은 확대 해석하면서도 오랫동안 지속해온 타인의 숨은 노력에 대해선 대수롭지 않게 여기곤 합니다. 하지만 천재라고 불리는 이들은 모두 '자신만의 페이스를 유지해온 사람'이라는 사실을 잊지 않았으면 좋겠습니다.

56

뜻밖에 아주 야비하고
어이없는 일을 당하더라도,
그것 때문에 괴로워하거나
짜증 내지 마라.
그냥 지식이 하나 늘었다고 생각하라.
인간의 성격을 공부해가던 중에
고려해야 할 요소 하나가
새로 나타난 것뿐이다.
우연히 아주 특이한 광물 표본을
손에 넣은 광물학자와 같은
태도를 취하라.

아르투어 쇼펜하우어

기분을 상하게 만드는 사람에게서 배우는 것

이 세상에는 내 기분을 상쾌하게 만들어주는 사람도 있지만 그렇지 않은 사람도 존재합니다. 모두가 알고 있듯 그것은 내 마음대로 조절할 수 있는 부분이 아니지요.

우리가 할 수 있는 일은 따로 있습니다.

바로 내 기분을 상하게 만드는 사람들로부터
타인의 감정을 상하게 만드는 방법을 배우는 겁니다.

앞으로 내 기분을 상하게 만드는 사람을 만나면, 유용하게 쓰일 수 있는 독을 발견했다고 생각하고서 '나는 저러지 말아야지'라는 마음을 가져보세요. 그러한 행동을 자제하기만 해도 다른 사람에게 호감을 얻고 긍정적인 평가를 받을 수 있을 겁니다.

57

약한 인간은 "나는 해야 한다"라고 말하고,
강한 인간은 "그것은 행해져야만 한다"라고 말한다.

프리드리히 니체

잘 참고 버티는 것이 '멘탈이 강하다'는 뜻일까

독일인 친구와 함께 생활한 적이 있는데, 그때 독일 문화의 영향을 자연스레 접할 수 있었습니다. 그중에서도 내게 가장 큰 영감을 준 건 바로 '독일인의 정신'이었습니다.

우리는 보통 "멘탈이 강하다"라는 말을 한 가지 일을 뚝심 있게 꾸준히 하거나 힘든 상황에서도 쉽게 포기하지 않는다는 뜻으로 씁니다. 그러나 내가 본 독일인의 정신은 단순히 그런 뜻만을 가지고 있는 것이 아니라 다음 자세들까지 포함하고 있었습니다.

첫째, 감정에 치우치지 않고 이성적인 판단을 내리는 것.

둘째, 험난한 도전 앞에서도 기죽지 않고 당당히 맞서는 것.

셋째, 자신이 내린 결정에 마땅한 책임을 지는 것.

넷째, 스스로 세운 원칙을 지키는 것.

우리는 자기 감정을 잘 다스리고 있을까요? 과연 진정으로 멘탈이 강한 걸까요, 아니면 단순히 참고 버티는 데 능숙한 걸까요? 어쩌면 우리는 '정신력'과 '인내'를 혼동하고 있는 걸지도 모릅니다.

여러분에게도 '잘 참고 버티는 것'과 '멘탈이 강하다'라는 말이 서로 다른 말임을 깨닫게 되는 순간이 오길 기대합니다.

58

빨리 가고 싶다면 혼자 가고,
멀리 가고 싶다면 함께 가라.

아프리카 속담

누군가와 함께할 때 더욱 강해지는 나

여름 방학을 맞아 스페인 친구 존의 고향인 그란카나리아 섬을 다녀온 적이 있어요. 2주 동안 우리는 매일 바다로 나가 수영을 하며 시간을 보냈습니다.

그러던 어느 날, 존은 해변으로부터 멀리 떨어져 있는 섬에 한번 가보자고 말했어요. 처음에는 발이 닿지 않는 깊은 바다에서 오랫동안 수영해본 적이 없어서 다소 겁이 났습니다. 그런데 유능한 수중 럭비 선수였던 존을 믿어서였을까요. 아무렇지 않은 듯 평온하게 말하는 그의 모습에 나도 모르게 용기가 났습니다. 그렇게 우리는 2시간 정도 스노클링을 하면서 천천히 헤엄쳐나갔고 무사히 목표점에 도착할 수 있었습니다.

이 경험을 통해 얻은 교훈이 있습니다.

"나 혼자라면 결코 해내지 못했을 일도 누군가와 함께라면 해낼 수 있다."

혼자서 목표를 향해 꾸준히 나아가는 일도 물론 중요하지만, 함께 나아갈 동료를 찾는 일 역시 그에 못지않게 중요합니다. 혼자보다 함께일 때 강한 순간이 분명 존재하기 때문입니다.

인생을 살아가다 보면 '이 사람과 함께라면 그 무엇도 해낼 수 있을 것 같다'는 느낌을 받을 때가 있을 겁니다. 나에게는 존이 바로 그런 사람이었지요.

그런 경험을 해본 사람으로서 권하고 싶습니다. 이뤄내고 싶은 일이 있다면 그 일을 이미 이뤄낸 사람과 함께 나아가 보길 말입니다. 두려움과 걱정은 잊은 채 순간순간을 즐기다 보면 어느새 목표점에 다다른 자신을 보게 될 겁니다.

혼자 힘으로 모든 것을

해내야 한다는 강박 관념으로

자신을 너무 괴롭히지 않았으면 합니다.

서로 힘을 합칠 때

우리는 더 많은 것을

이뤄낼 수 있음을 잊지 마세요.

。

5장

더 나은 사람으로 성장하기 위해

59

운명을 결정하는 것은
단지 우리가
스스로에게 던지는 질문뿐만 아니라
제대로 묻지 않은 질문도
포함된다는 것을 명심해야 한다.

토니 로빈스

내 안에 잠들어 있는 거인 깨우기

쉬지 않고 헤엄치는 일도 물론 중요하지만,

얼마나 '멀리 나아갈 수 있는지'는

그곳이 어항인지 바다인지에 따라 결정됩니다.

만일 자그마한 어항 속이 아니라

드넓은 바다 속에서 헤엄치고 싶다면

매일 스스로에게 되물어보세요.

지금 내가 창출하고 있는 가치가

내가 낼 수 있는

'최선의 가치'가 맞는지 말입니다.

우리 안에는

'무한한 가능성'이라는 거인이

잠들어 있습니다.

그가 관심을 가질 만한 질문을

계속 던지며 그를 깨워보세요.

60

우리가 겸손 때문에
서로에게 부담이 되지 않기 위해서는
내가 지금 관계하는 그 사람이
나보다 한 단계 덜 겸손하거나
아니면 더 겸손해야 한다.
그렇지 않으면
우리는 아무것도 하지 못하게 될 것이다.

프리드리히 니체

나에 대한 칭찬을 부정하기 전에

예전엔 누군가에게 칭찬을 들으면 "아니에요, 그렇지 않아요"라고 대답하며 그 말을 곧바로 부정하곤 했습니다. 그렇게 하면 마치 내가 겸손한 사람이 된 듯한 기분이 들었거든요. 하지만 이제는 누군가 나를 칭찬해도 상대의 말을 섣불리 부정하지 않습니다. 상대방이 선뜻 내어준 호의를 더 이상 거절하고 싶지 않기 때문입니다.

우리나라에서는 누군가로부터 칭찬을 들으면 그 말을 부정하는 것을 하나의 문화로 여기는 듯하지만, 사실 다른 문화권의 나라에선 찾아보기 드문 현상입니다. 그렇다면 왜 우리는 이러한 문화를 유지하고 있을까요? 타인의 칭찬을 부정하는 문화가 정말 바람직하다고 여겨져서 그런 걸까요? 아니면, 혹시 사람들이 하는 칭찬이 대부분 진심이 아니라는 것을 너무나 잘 알기 때문에 애초부터 부정하는 걸까요? 진심이 담기지 않은 상대의 말을 진지하게 받아들인다면 되레 상대방이 당황할 수 있고, 한순간에 예의 없거나 거만한 사람이 되어버릴 수도 있으니 말입니다.

이에 대해 나는 이렇게 생각합니다. 어쩌면 상대의 칭찬을 부정하는 건 스스로 겸손해서라기보다는 거짓 칭찬이 난무하는 사회적 분위기 속에서 자기 자신을 보호하기 위한 방어 행동이었을지도 모른다고요.

상대의 칭찬을 굳이 부정할 필요가 없는 문화 속에서 살아가고 싶다면 서로에게 거짓된 칭찬은 가급적 삼가되, 진심이 담긴 칭찬을 늘려가야 합니다. 또한 칭찬을 의심 없이 기쁜 마음으로 받아들일 준비 역시 필요합니다. 그럼 이제부터라도 누군가에게 칭찬을 들으면 곧바로 "아닙니다"라고 대답하기보다는 "감사합니다"라는 대답을 해보는 건 어떨까요?

61

사람들은 의도적으로
일방적인 생활방식을
택한 것처럼 보인다.
그것이 좋다고 여기고,
다른 선택의 여지가 없다는 생각이
지배적이기 때문이다.

헨리 데이비드 소로우

모두가 옳다고 말하는 일에 대해

혹시 지금 하고 있는 일 중에
대부분의 사람들이 옳다고 해서
일체의 의심도 해보지 않고 행하는 일이 있나요?

사람들은
모두가 동의하는 부분에 대해서는
크게 의심하지 않곤 합니다.
속으로 이렇게 생각하면서 말이지요.

'그것이 좋지 않은 선택이었다면
이렇게 많은 사람들이 따를 리가 없잖아.'

그러나 내 생각은 조금 다릅니다.
오히려 모두가 '정답'이라고 하는 일일수록
더욱 조심해야 합니다.

단순히 다른 사람들이 '맞다'고 했으니
자신도 '맞다'고 따라 말했을 가능성이 농후할 뿐더러,
그중 90퍼센트가
그 말이 맞는지 실제로 검증해본 적이 없을 테니까요.

그런데도 그들의 말을 그대로 따를 건가요?

62

어떤 약속이 이뤄질 경우,
약속을 구성하는 건 말이 아니라
말의 배후에서 말로 표현되지 않는 것이다.
오히려 말은
약속을 하는 저 힘의 일부분인
힘을 방출하고 소모함으로써
약속을 더욱 약하게 만든다.
따라서 그대들은
손을 뻗어 손가락을 입에 대라.
그러면 그대들은
가장 확실하게 서약한 것이 된다.

프리드리히 니체

말이 가진 에너지를 아끼는 습관

아직 끝나지 않은 일을 이미 끝난 것처럼
주위에 말하고 다니는 습관이 있다면
되도록 그만두는 것이 좋습니다.

우리가 아무 생각 없이 내뱉는 말에도
그 일이 실제로 일어나는 데
필요한 에너지가 들어 있기 때문입니다.

그 에너지를
응축시키지 않고 사방으로 내뿜는다면
풀리려 했던 일도
잘 풀리지 않기 마련입니다.

그러니 간절히 바라는 일이 있다면

그것을 함부로 드러내 보이지 말고

마음속에 소중히 간직하고 있길 바랍니다.

63

내 언어의 한계는
내 세계의 한계를 의미한다.

루트비히 비트겐슈타인

언어의 세계를 넓힐수록 선명해지는 것들

니체, 하이데거, 비트겐슈타인, 도스토옙스키를 비롯한 인물들은 왜 하필 언어와 존재의 세계를 엮었을까요?

머릿속으로 어떠한 생각도 하지 않은 채 살아갈 수 있는지 한번 실험해보세요. 아마 불가능할 겁니다. 우리는 무의식과 의식 속에 존재하는 언어의 범위 내에서만 실질적인 영향력을 발휘할 수 있기 때문입니다. 이는 과거 지배 계층이 대중들로 하여금 책을 읽지 못하도록 막은 이유이기도 합니다. 언어의 세계가 좁은 사람일수록 다스리기 수월하니까요. 이 말은 즉, 자신의 언어의 세계가 좁을수록 타인에게 휘둘리는 삶을 살아갈 확률이 높아진다는 이야기입니다.

주체적인 삶을 살아가고 싶다면 언어의 세계부터 확장시킬 필요가 있습니다. 알고 있는 언어가 풍부할수록 세계를 더욱 폭넓게 사유할 수 있고, 그동안 미처 보지 못했던 삶의 희망과 가능성을 보게 될 확률도 커집니다.

희망이 보이지 않는다고 해서 그것이 존재하지 않는 건 아닙니다. 희망은 조개껍데기 안의 진주처럼 숨겨져 있을 때가 많습니다. 껍데기를 막 열었을 때에는 진주가 선명히 보이지 않을 테지만, 진주에 묻어 있는 흙과 부유물을 부지런히 닦아낸다면 눈부시게 빛나는 진주와 마주할 수 있게 될 겁니다. 이와 같이 우리는 자신의 언어의 세계를 확장하는 과정을 통해 희미하게 보이는 희망을 더욱 선명하게 보이도록 만들어야 합니다.

여러분에게 닥친 시련을 헤쳐 나갈 방안을 모를 때는 그 상황의 어려움을 탓하기보다 먼저 자신의 언어의 한계를 의심해보세요. 어쩌면 문제를 해결할 수 있는 방법이 자신이 알고 있는 언어의 세계 바깥쪽에 존재하고 있을지도 모르니까요.

우리는 격투에서 져서 쓰러져 있는 사람이
"나는 여기에 누워 있다.
하지만 내가 원해서 누워 있는 것이다"라고
말하는 것을 비웃는다.
그렇지만 우리가
"나는 원한다"라는 말을 사용할 때
과연 저 사람과 다른 의미로
그 말을 사용한다고 할 수 있는가?

프리드리히 니체

내가 이곳에 남아 있는 이유

절이 싫으면 중이 떠나라고들 말합니다.

그러나 머무를 수 있는 다른 장소가 있어야
스님도 마음 편히 그 절을 떠날 수 있지 않을까요?

불현듯 이런 생각이 들었습니다.
'나 역시도 내가 있던 곳에
머물고 싶어서 머물렀던 것이 아니라
마땅히 갈 만한 곳이 없어서
억지로 남아 있었던 거구나' 하고요.

결국 떠나는 일도 용기나 능력,

둘 중 어느 하나라도 지닌 사람만이

할 수 있는 행동이었던 겁니다.

여러분은 지금 있는 곳에

머물고 싶어서 머물러 있는 건가요,

아니면 떠날 수 없어서 남아 있는 건가요?

◦

65

갖가지 극심한 고통도
그것이 가져다주는
확실하고도 대단한 보상을
아는 자에게는
제 힘을 잃어버리고 만다.

장 자크 루소

고통에 맞서는 최고의 방법

세상이 우리에게
'고통'과 '시련'이라는 창을 던지면
우리는 '호기심'이라는 방패를
들고 맞서면 됩니다.

모래성을 쌓는 데 정신이 팔린 아이는
저녁때가 되어도 배가 고픈 줄 모릅니다.

이처럼 때로는 호기심이
우리의 고통을 잊게 만드는
약이 되기도 합니다.

66

엄청난 결과를 달성할 수 있는 사람이
거의 없는 이유는 바로
'현실에 대한 올바른 인식을
끈질기게 추구하는 그 엄청난 불편함'을
대부분의 사람들이
감수하고 싶어 하지 않기 때문이다.

로버트 링거

"자기 자신과 싸운다"라는 말의 의미

이 세상에서 가장 이기기 힘든 상대는
바로 자기 자신입니다.
만약 자신과의 싸움에서 이긴다면
그 어떤 상대를 만나도 크게 두렵지 않을 겁니다.

그렇다면
"자기 자신과 싸운다"라는 말의 의미는
과연 무엇일까요?
내 생각은 다음과 같습니다.

첫째, 자기가 세운 기준에서 벗어나는 행동은 되도록 하지 않는다.

둘째, 마땅히 해야 할 일은 뒤로 미루지 않는다.

셋째, 아는 것에 그치지 않고 실제 행동으로 옮긴다.

넷째, 나아가고자 하는 방향과 일치하는 선택을 내린다.

다섯째, 흔들리지 않고 계속해서 나아간다.

결국 "자기 자신과 싸운다"라는 말은

'자신이 세운 원칙을 지키기 위해 최선을 다한다'라는

의미가 아닐까요?

남들이 자신보다 얼마나 앞서 있는지는

크게 신경 쓰지 마세요.

그보다 스스로에게 떳떳할 만큼

최선을 다했는지를 먼저 물어보세요.

67

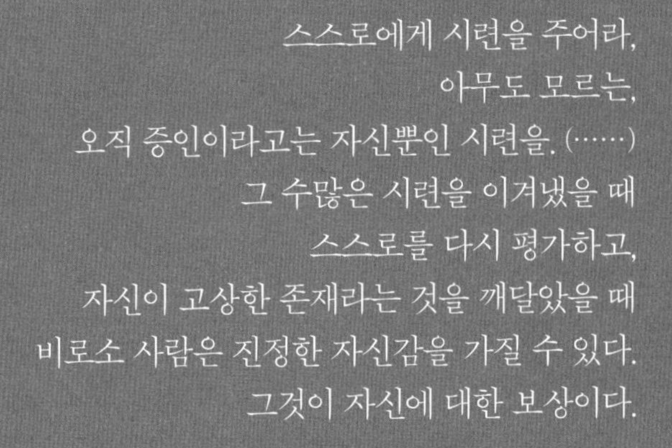

스스로에게 시련을 주어라,
아무도 모르는,
오직 증인이라고는 자신뿐인 시련을. (……)
그 수많은 시련을 이겨냈을 때
스스로를 다시 평가하고,
자신이 고상한 존재라는 것을 깨달았을 때
비로소 사람은 진정한 자신감을 가질 수 있다.
그것이 자신에 대한 보상이다.

프리드리히 니체

버팀에 관하여

문득 "버티는 자가 살아남는다"라는 말이 상당히 잔인하게 들렸습니다. 집에 불이 났다고 가정해보세요. 불을 끄든지 도망을 치든지 선택을 내려야 하는데, 마냥 넋 놓고 가만히 기다리고만 있다면 분명 타 죽고 말겠지요.

누구나 알고 있듯, 무작정 버틴다고 해서 모든 상황이 해결되지는 않습니다. 내 안의 고통이 사라질 순 있겠지만 그것은 '버텨서'가 아니라 단지 시간이 흐름에 따라 자연스럽게 지나간 것뿐이라는 사실을 분명하게 구분해야 합니다.

만약 버팀 속에 무언가 축적되는 느낌이 없다면, 아무리 버텨도 또 다시 버텨내야 하는 상황과 마주하게 될지도 모릅니다. 그러므로 고통이 지나가기만을 바라는 소극적인 버팀이 아닌, 자신이 강해질 수 있는 '적극적인 버팀'을 지향할 필요가 있습니다.

여러분의 버팀 속에는 성장이 들어 있나요? 성장은 곧 변화의 불씨이며, 성장이 녹아 있는 버팀만이 변화를 가져다줄 수 있습니다. 때로는 버팀의 성장이 힘겹게 느껴질 수도 있으나, 자신이 어제보다 나아지고 있는 것이 확실하게 느껴진다면 "이것 또한 지나가리라"라는 격언을 통해 버텨나갈 수 있을 겁니다.

나는 '막연한 버팀과 기다림'이 아니라
상황을 극복하고자 하는
'부단한 연습과 훈련의 힘'을 믿습니다.

현재의 고통을 반복하고 싶지 않다면 자신의 힘이 실제로 커지고 있는지 수시로 확인해보길 바랍니다.

68

우리는
스스로 그렇게 되기로 선택했던
바로 그 사람이다.

장 폴 사르트르

누군가의 말보다 자신의 판단이 더 중요한 법

'그 말을 하는 상대가
내 인생을 결코 책임져주지는 않을 것이다.'

이것은 내가 누군가에게 조언을 들을 때
항상 염두에 두는 생각입니다.

우리가 흔히 저지르는 실수 중에는
타인의 말을 의심 없이 믿고 따름으로써
발생하는 경우가 많습니다.

자신이 가려는 방향에 대해서는
스스로 철저히 조사해봐야 합니다.

자신이 알아내려고 노력하지 않으면

언젠가 그에 대한 대가를 치러야 할지 모릅니다.

그 누구도

자신의 삶을 대신 살아줄 수는 없습니다.

누군가의 설득으로 인해

자신이 어떤 선택을 내렸다는 말도

변명이 되진 못합니다.

타인의 말을 따랐다고 해서

자신이 내린 결정에 대한 책임의 무게가

줄어드는 것은 아님을 명심하세요.

만일 인간이
잘못된 관념에 만족해
그것에 대해 의심하지 않는다면,
그것은 그것이 확실한 상태이기
때문이 아니라
의심을 하지 않는 것에 불과하다. (……)
우리는 확실성을
어떤 적극적인 것으로만 이해하지,
자신의 회의의 결핍으로
이해하지는 않기 때문이다.

바뤼흐 스피노자

확신은 쌓아가고 의심은 제거해나갈 것

확신이 자동차 엑셀이라면

의심은 브레이크와 같습니다.

확신이 없으면 차가 앞으로 나아가지 못할 테고,

의심이 없다면 충돌 사고가 일어날 겁니다.

확신은 힘을 한 곳으로 모을 수 있게 도와주지만

그 외의 것들은 보지 못하게 만들기도 하지요.

반면 의심은 자신의 시야를 넓혀주면서

더 나은 방법을 찾도록 유도합니다.

실수를 쉽게 범하지 않기 위해서는

확신과 의심을 적절히 섞어 사용할 필요가 있습니다.

확신은 '하는 것'이 아니라 '쌓아나가야' 하고,

의심은 '하지 않는 것'이 아니라 '제거해나가야' 합니다.

만약 의심하지 않는다면

그것은 확신이 아니라 '맹신'이 될 수도 있습니다.

70

호의도 지나치면 악의가 된다.
타인의 긍지와 허영심에
상처를 입히기 때문이다.

프리드리히 니체

"힘내"라는 말을 함부로 하지 않기로 했다

어려운 상황에 놓인 누군가에게 "힘내"라는 말을 건넸는데, 그에게 도움이 되기는커녕 오히려 그 말로 인해 그와 나 사이에 보이지 않는 벽이 생긴 것 같다는 느낌을 받은 적이 있습니다.

곰곰이 생각해보니 아마도 그의 상황을 내 입장에서 섣불리 판단했기 때문이 아닐까 싶습니다. 실제로 그는 잘 지내고 있는데, 괜히 "힘내"라는 내 말을 듣고 '내가 지금 힘든 상황에 처한 걸까', '누군가에게는 그렇게 보이는 걸까' 하는 생각에 잠겼을지도 모릅니다.

즉, "힘내"라는 응원의 말이 도리어 그에게 예상치 못한 새로운 종류의 고통을 안겨줬고, 그로 인해 그는 자연히 나에 대한 부정적인 감정을 갖게 된 것이지요.

그 후로 나는 "힘내"라는 말을 가볍게 뱉지 않기로 다짐했습니다. 대신 누군가를 진정으로 도와주고 싶다면 그가 실제로 힘을 낼 수 있도록 구체적인 도움을 주고자 합니다. "힘내"라는 말로 상대가 정말 힘이 난다면 가장 좋겠지만 의도와 다르게 상대를 더욱 무기력하게 만드는 일이 될 수도 있고, 무엇보다 나에게는 상대가 어떤 상황에 놓여 있는지 판단할 수 있는 어떠한 권한도 있지 않다는 것을 깨달았기 때문입니다.

어떤 일을 실행하기 전에
우리는 얼마나 많은 일을
불가능하다고 간주해왔던가?

플리니우스

지금 보니 해낼 수 있을 것만 같은 기분이 들 때

대부분의 사람들은 어린 시절로 돌아가면 자신이 원하는 바를 실현할 수 있을 것이라고 믿는 듯합니다. 그런데 왜 그때는 그런 생각을 하지 못했을까요? 그리고 지금은 왜 이렇게 생각하는 걸까요? 설령 과거로 돌아간다고 해도 달라지는 건 '환경'이 아니라 '자신의 생각'뿐일 텐데 말입니다.

'시간을 되돌릴 수만 있다면 불가능하다고 여기던 일들도 거뜬히 해낼 수 있을 것 같다'고 믿는 까닭은 아마도 자신이 미처 알고 있지 못했던 것들을 이제야 알게 되었기 때문일 겁니다. 뒤늦게 알게 된 생각(교훈, 깨달음, 지식)이 그 일을 해낼 수 없을 것이라 판단하게 만든 장애물(한계)보다 더욱 강한 힘을 지닌 덕분에 그러한 믿음이 생겨날 수 있었던 거지요. 이를 통해 자신이 가진 생각의 힘이 얼마나 강력한지, 그리고 시간은 얼마나 소중한지를 여실히 알 수 있습니다.

지금 여러분이 비현실적이라고 생각하는 상황도 실제로 그 상황이 비현실적인 것이 아니라 단순히 혼자서 그 상황을 '이상적'이라고 판단하고 있을 확률이 높습니다. 오랜 시간이 지나서 보면 '그때 이렇게 했으면 되었을 텐데' 하는 생각이 또다시 들지도 모릅니다.

72

많이 듣고서
그중에서 의심스러운 것을 빼버리고,
그 나머지를 신중하게 말한다면
허물이 적어질 것이고,
많이 보고서
그중에서 위태로운 것을 빼버리고
그 나머지를 신중하게 행한다면
후회가 적어질 것이다.

공자

상대방에게 불만만 토로한다면

평소처럼 별다른 생각 없이 투덜거리고 있던 어느 날, 당시 룸메이트이던 세바스찬이 이렇게 말했습니다.

"불만은 단순히 불쾌한 감정을 드러내는 것에 지나지 않아. 네가 정말 상황을 바꾸고 싶다면 구체적인 해결책을 제시해야 해. 누군가를 납득시킬 수 있는 타당한 논리와 근거를 가지고 말이야."

그렇습니다.

불만을 표출하는 건 쉬울지 몰라도
문제를 해결하는 건 쉽지 않습니다.

어떻게 하면 상황을 개선할 수 있을지 제대로 고민해보지도 않고 무작정 불만만 토로하는 건 상대방의 정신적 에너지를 빼앗는 행동에 불과합니다. 사람은 천성적으로 불만이 가득한 사람과 거리를 두고 싶어 하는 습성이 있어서, 별다른 대책 없이 불평만 계속 늘어놓는다면 언젠가 자신의 주위에 아무도 남아 있지 않을 수도 있습니다.

그러니 자신이 상대방에게 피하고 싶은 사람이라는 인상을 남기지 않기 위해서라도 머릿속에 뾰족한 해결책이 떠오를 때까지는 최대한 불필요한 말을 삼가는 것이 좋습니다.

73

이상주의적 이론들은
사려 없는 실천가들에 의해
가장 확고하게 표방된다.
왜냐하면 그들에게는 그 이론의 광휘가
그들의 명망을 위해 반드시 필요하기 때문이다.
그들은 본능적으로 그것을 붙잡으며,
이 경우 자신들이 위선적이라는 감정을
전혀 느끼지 않는다.

프리드리히 니체

"사람은 누구나 소중하다"라는 말의 무게

모든 사람을 소중하게 대해주지 않을 것이라면 "사람은 누구나 소중하다"와 같은 말을 가볍게 하지 않았으면 합니다. 상대방이 품은 희망을 다시 빼앗아버리는 것은 애초에 희망을 건네지 않은 것보다 더욱 잔인한 행동이기 때문입니다.

사람들 앞에서 "사람은 누구나 소중하다"라고 말하면서 정작 현실에서는 상대를 무시하거나 얕잡아보는 건 상대방을 저녁 식사에 기껏 초대해놓고 음식을 내놓지 않는 행동이나 마찬가지입니다. 또는 사랑하지 않는 사람에게 함부로 사랑한다고 속삭이는 행동과 다를 바 없습니다. 자신이 만약 그러한 행동을 한다면 배고픔과 기대의 상실로 인해 상대로부터 이중으로 미움을 사게 될지도 모릅니다.

“사람은 누구나 소중하다”라는 말에는 모든 사람을 진심으로 존중해야 할 책임이 담겨 있습니다. 일상에서 수없이 떠돌아다니는 그 말이 현실과의 차이에서 오는 괴리감이 아니라 공감을 조금이나마 불러일으킬 수 있는 세상이 왔으면 합니다.

74

사실 자체만으로는
무엇이 옳고 그른지 결정할 수 없다.
그러나 이성적인 것,
옳은 것, 좋은 것에 대한
적절치 못한 개념이
우리가 살고 있는
상황과 사실을 바꿀 수는 있다.

프리드리히 하이에크

타인과 감정싸움에 휘말리지 않는 방법

다른 사람과 논쟁을 벌이다 보면 서로 감정이 상한 탓에 원치 않은 결과를 낳기도 합니다. 그렇다면 우리는 어떻게 해야 감정싸움에 휘말리지 않고 서로가 만족할 만한 결론을 도출해낼 수 있을까요?

내가 주로 사용하는 방법은 서로의 옳고 그름을 논하지 않는 겁니다. "네 말은 틀렸고 내 말이 옳아"라는 식으로 대화를 나누다 보면 서로 기분이 상해 머릿속으로 동의하는 이야기여도 괜히 따르지 않으려고 고집을 부리게 됩니다. 판단에 감정이 섞이고 마는 거지요.

모든 사람은 각자마다 무엇이 옳고 그른지에 대해 쉼 없이 고민하고 있으며, 그것이 곧 개인의 가치관이 되기도 합니다. 사람마다 기쁨과 슬픔을 느끼는 순간이 모두 다르기에 옳고 그름을 논할 때는 자연히 충돌할 수밖에 없습니다. 그러므로 옳고 그름을 나누는 데에 더 이상 크게 개의치 않았으면 좋겠습니다.

타인과 논쟁하기 전에 일단 서로가 다른 사람이라는 것을 인정할 필요가 있습니다. 감정싸움에 휘말리지 않으려면 무엇이 맞고 틀린지를 따지기보다는 그것이 각자에게 어떤 결과를 가져다줄지, 우리 삶을 어떻게 보존해주며 얼마나 개선시켜줄 수 있는지에 대해서 먼저 생각해봐야 합니다.

75

위안은
숱한 비참함에도 불구하고
행복해지기를 바라는
무수한 인간들의 특성이다.
그러한 행위는
그 상황을 깊게 성찰하지 못하게 만들어
그곳에서 빠져나올 방도를 찾을 기회를
빼앗은 것이나 다름없다.

블레즈 파스칼

독이 되는 위안

"이대로 하면 될 거야."

"언젠가 잘될 거니까 걱정하지 마."

나는 이런 말을 대체로 믿지 않습니다. 어떤 일이든 그 일이 일어나기 위해 필요한 조건들이 충족되지 않으면 그 일은 일어나지 않을 것이라고 생각하기 때문입니다. 어떤 일을 해내는 것을 '낚시를 통해 물고기를 잡는 일'에 비유하자면 다음과 같습니다.

우선 자신이 잡고 싶은 물고기가 낚싯대를 던지려고 하는 곳에 살고 있는지부터 확인해봐야 합니다. 그 다음 그 물고기가 좋아하는 미끼를 신중히 선택하고, 물고기가 바늘을 건드리는 순간을 대비해 찌를 정확하게 조정해야겠지요. 여기서 그치지 않고 추운 날씨에는 물고기들이 강가의 중심부에 주로 모여들고, 산란기 때는 수초 근처로 이동한다는 물고기의 습성과 같은 정보들 또한 가능한 많이 수집해야 합니다. 이러한 사전 준비를 모두 마친 다음에야 필요한 것이 바로 물고기를 잡을 수 있다는 희망과 믿음입니다.

즉 자신이 올바른 방향으로
나아가고 있는지 확인하는 것이 우선이며,
'이대로 하면 될 것이다'라는 믿음은
그 다음에 가져도 늦지 않다는 이야기입니다.

내가 무슨 일을 하고 있는지, 어떤 마음으로 임하고 있는지도 모르는 사람이 그저 안부처럼 건네는 "언젠가 잘될 거야"라는 말은 잠시나마 근거 없는 자신감을 가지게 해줄지는 몰라도, 실제로 그 일을 해내는 데는 크게 도움이 되지 않습니다. 더욱이 잘못된 방향으로 나아가고 있는 사람에게는 치명적인 말이 될 수 있습니다. 물고기가 살지 않는 연못에서 낚시를 하고 있는 사람에게 "기다리다 보면 언젠가 물고기가 잡힐 거야"라고 응원해주는 것처럼요.

'이대로 하면 언젠가 되겠지'라는 태도는 자신의 인생을 운에 맡기겠다는 말과 같습니다. 언제 목표를 이룰 수 있는지 자신도 예상할 수 없으니 시간이 지날수록 불안감은 자꾸만 커져갈 겁니다. 그러니 '내가 무엇 때문에 해내지 못하는 걸까?', '아직 준비되지 않은 건 무엇일까?'와 같은 질문들을 끊임없이 던져보며 문제의 원인을 파악하려고 드는 편이 낫습니다.

문제의 원인에 집중하는 사람은 불안을 크게 느끼지 않습니다. 무엇 때문에 안 되는 건지 스스로 잘 알고 있기에 조급해하지도 않을 뿐더러, 그 문제점을 보완하기 위해 이미 쉼 없이 노력하고 있을 테니까요. 이런 사람이야말로 시간이 지났을 때 자신이 이루고자 하는 바를 이룰 수 있습니다.

내가 무엇을 하고 있는지도 제대로 알지 못하는 타인의 위로에 귀 기울이기보다는 당장 해결해야 할 문제의 상황에 시선을 돌려보길 바랍니다.

76

우리는
자신의 그물 안에 갇혀 있다.
우리들 거미는
이 그물 안에서 무엇을 붙잡든
그 안에 걸리는 것 이외에는
아무것도 잡을 수 없다.

프리드리히 니체

스스로에게 던지는 질문 바꾸기

"지금 공부하는 전공은 네가 좋아서 선택한 거야?"

유럽으로 유학 갔었던 당시, 수업을 같이 듣던 외국인 친구에게 물었어요. 그는 내가 무슨 의도로 묻는지 모르겠다는 표정으로 답했습니다.

"당연한 거 아니야? 내가 좋아하지도 않는 걸 왜 선택하겠어."

예상치 못한 그의 말에 적잖이 당황했습니다. 어리석은 질문이라도 한 것 마냥 부끄러웠고 무엇보다 "좋아서 하는 사람이 누가 있어, 다들 먹고살기 위해서 하는 거지"라는 대답만 줄곧 들어왔던 내겐 신선한 충격이었습니다. 무엇보다 간단히 부정할 수 없는 그의 대답은 내 마음속 '의심의 공간'에 불을 지폈고, 그 뒤로는 이전에 느껴보지 못한 새로운 고통에 빠지게 되었습니다.

타지 생활을 하면서 내 가치를 외부에 증명해야 한다는 강박 관념과 '입시', '취업', '스펙' 등 자유로운 사고를 가두게 한 족쇄로부터 잠시나마 벗어나게 되었습니다. 이전에 한 번도 묻지 않았던 질문들을 스스로에게 던지기 시작하면서 그제야 깨달았습니다. 내 의식과 관심은 스스로에게 물었던 질문의 범위 안에 계속 갇혀 있었다는 것을요.

우리는 질문을 통해
자신이 어디에 초점을 맞추고
무엇을 할 건지 결정하는 존재입니다.

그 말은 곧,
내가 나에게 던지는 질문을 바꾸면
내 삶이 완전히 달라질 수도 있다는 말입니다.

그동안 자신이 어떤 질문을 마음속에 품고 살아왔는지 물어보세요. 그 질문의 테두리 안에 자신의 의식과 관심, 그리고 삶이 고스란히 담겨 있을 겁니다.

77

자신의 환경을
구원하지 못하는 자는
결코 자신도
구원받지 못할 것이다.

에리히 프롬

주위 환경을 자신의 목적에 맞게 바꾸는 일

언제나 감수해야 할 희생을 기꺼이 받아들이거나 변하지 않는 열정을 소유한 사람은 드뭅니다. 그러나 신기하게도 대부분의 사람들은 적절한 환경 속으로만 들어가면 해내지 못할 일들도 어떻게든 해내곤 합니다. 그것이 바로 환경이 우리에게 주는 선물(또는 재앙)이겠지요.

어떤 일을 시작하기 전에는 우선 주위 환경부터 둘러볼 필요가 있습니다. 자신이 원하는 모습을 머릿속으로 그려보고, 자신이 처한 상황이 그 모습과 어울리는지를 한번 물어보세요. 이때 무언가 어색한 느낌이 든다면, 자신이 해야 할 일은 의지를 활용해 환경을 개선해나가는 일일 겁니다.

우리는 연목구어(緣木求魚)라는 말을 수시로 되새길 필요가 있습니다. 이 말은 나무에 올라서 물고기를 구한다는 뜻으로, 적절치 못한 수단과 방법으로 목적을 추구하는 것을 의미합니다. 자신이 진정으로 물고기를 잡고 싶다면 몸을 이끌고 강이나 바다로 직접 이동해야지, 숲에서 서성거려선 안 되겠지요. 혹시 자신도 그러한 실수를 저지르고 있는 건 아닌지 의심해보길 바랍니다.

누군가 나에게 의지와 환경 둘 중 무엇이 더욱 중요한지 묻는다면 나는 이렇게 대답할 겁니다.

"환경입니다. 그러나 자신의 환경을 바꾸기 위해서는 우선 강한 의지가 필요합니다."

자신의 목적을 이루기 위해선 자신뿐만 아니라 주위 환경도 적절하게 바꿔야 합니다. 이러한 작업을 나는 '환경의 최적화'라고 말하고 싶습니다.

78

자신이 어떤 사람인가에 대한
새로운 믿음을 갖게 되면
우리의 행동은
그 새로운 정체성을 뒷받침하기 위해
자동적으로 바뀌게 된다.
정체성의 변화는
마치 우리의 내부 시스템을 바꿔놓는
업데이트와도 같다.

토니 로빈스

인생에 있어 진정한 패배란

중학교 시절, 나는 게임에만 빠져 사느라 공부를 거의 하지 않았습니다. 그런데 하필이면 전국에서 가장 공부를 잘한다고 소문난 고등학교에 들어가게 되었습니다. 수업 첫날 옆자리에 앉은 친구가 적분 문제를 푸는 모습을 보고 엄청난 충격을 받고 말았습니다. 그 당시에 나는 로그가 무엇인지조차 몰랐기 때문이지요.

그때 나는 공부가 세상의 전부인 줄만 알고 무작정 높은 성적을 받기로 결심했습니다. 내 실력이 형편없다는 건 잘 알고 있었지만, 나보다 성적을 올리고 싶은 욕구가 강한 학생은 없을 것이라 굳게 믿고서 본격적으로 공부를 하기 시작했습니다. '성적이 높고 낮음은 내가 결정할 수 있는 문제가 아니어도 최선을 다할지 말지는 온전히 내 의지에 달려 있다'고 생각하면서 말이지요. 덕분에 가장 낮은 하반에서 중·상반으로 점차 올라갔고 마침내 특별반까지 들어갈 수 있었습니다.

영어를 배울 때도 이와 같은 방식을 적용했습니다. 유럽으로 떠나기 전에 '나보다 영어를 잘하는 유학생들은 많을지 몰라도 나보다 영어를 진지하게 대하는 학생은 없을 것'이라고 믿었습니다. 그것이 설령 사실이 아니어도 상관없었습니다. 그러한 신념을 가지는 것만으로도 영어를 배우는 데 크게 도움이 되었으니까요. 운동이나 게임 등 다양한 분야에도 이러한 사고방식을 적용하며 내가 원하는 결과를 얻어내곤 했습니다.

이처럼 모든 일은 자신이 구체적으로 '어떻게 하겠다'라고 결심하는 것에서부터 시작됩니다. 이때 타인의 상황과 비교하며 자신의 상황을 판단할 필요는 없습니다. 비교는 자신을 빠져나올 수 없는 불행의 늪으로 빠뜨릴 뿐입니다. 세상은 무한히 넓고, 자신보다 뛰어난 역량을 지닌 사람은 무수히 많기 때문이지요.

남들이 자신보다 얼마나 앞서 있는지 신경 쓰기보다는 자신이 세운 원칙을 지키고 한계를 극복하는 데 좀 더 집중해보세요. 스스로 어떠한 사람이 될 것이라고 진심을 다해 다짐한다면 그런 사람이 할 법한 행동만을 무수히 반복하게 되고, 언젠간 자신이 되고 싶었던 사람으로 변해 있을 겁니다.

인생에 있어 진정한 패배는
'남들보다 낮은 위치에 있는 것'이 아니라
'자신 안에 들어 있는 잠재력을
꺼내지 못한 것'이라는 사실을 기억하세요.
◦

고된 하루 끝, 오직 나만을 생각하는 시간

잠들기 전 철학 한 줄

초판 1쇄 발행 2020년 6월 5일
지은이 이화수

펴낸이 민혜영 | **펴낸곳** (주)카시오페아 출판사
주소 서울시 마포구 성암로 223, 3층 (상암동)
전화 02-303-5580
팩스 02-2179-8768
홈페이지 www.cassiopeiabook.com | **전자우편** editor@cassiopeiabook.com
출판등록 2012년 12월 27일 제 2014-000277호
책임편집 진다영 | **디자인** 고광표 | **마케팅** 최승호 | **홍보** 유원형
외주 디자인 디자인스튜디오 [서-랍] 최성경

ISBN 979-11-90776-03-5 03810

이 도서의 국립중앙도서관 출판시도서목록 CIP은 서지정보유통지원시스템 홈페이지(http://seoji.nl.go.kr)와 국가자료공동목록시스템(http://www.nl.go.kr/kolisnet)에서 이용하실 수 있습니다.
CIP 제어번호 : CIP 2020017369